언니에게 보내는 ✦ 행운의 편지

A lucky letter

to

정세랑

김인영

손수현

이 랑

이소영

이반지하

하미나

김소영

니키 리

김정연

언니에게 보내는 ✦ 행운의 편지

문보영

김겨울

임지은

이 연

유진목

오지은

정희진

김일란

김효은

김훈비

my sister

띵동.

행운의 편지가 도착했습니다.

2021년 서울에서 최초로 시작되는 이 편지는

전 세계를 돌며 받는 이에게 행운을 줄 것입니다.

나이와 국적, 시대를 뛰어넘어

당신이 '언니'로 생각하는 사람은 누구인가요?

이 편지를 읽는 당신에게

언니들이 보내는 행운이 함께할 것입니다.

차례

봄에는 습지를
산책하고 싶습니다

정세랑

✦

소설가. 1984년 서울에서 태어났다. 『지구에서 한아뿐』 『이만큼
가까이』 『보건교사 안은영』 『피프티 피플』 『시선으로부터.』 등을
썼다.

김인영 감독님께

봄을 어떻게 지내고 계신가요? 저는 다른 계절은 그렇지 않은데 유독 봄에는 내성적이 되는 것 같아요. 봄을 타는 것일 수도 있고, 어쩌면 밖이 아름다워서 안쪽으로 고이는 것들을 즐기기 위해서일지도 모르겠습니다. 감독님과 처음 뵌 것이 2017년 봄이지요? 봄이 돌아올 때마다 우정이 깊어지는 것 같아 기쁩니다. 좋아하는 언니에게로 이어지는 편지를 누구에게 쓰고 싶으냐는 질문을 받고 곧바로 감독님을 떠올렸어요.

작은 우연 하나만 틀어졌다 해도 감독님과 만나지 못했을 수 있다 생각하면 아득해요. 제가 작가로, 감독님이 음악감독으로 참여했던 드라마는 끝내 만들어지지 않았지만 그래도 감독님과 이어질 수 있어 무척 다행이었어요. 첫날부터 감독님이 좋았어요. 대화가 즐거워서 언제 또 뵐 수 있을까,

금방 또 뵈면 좋겠다 웃으며 곱씹었습니다. 감독님과 만나지 못했다면 지금 생각하는 것들을 전혀 생각하지 못하는 사람이 되었거나, 적어도 훨씬 좁고 얕게 헤아리는 사람이 되었을 거예요. 이렇게 말하면 부담스러워하실 수도 있지만, 저는 마음이 어두워지는 날에 감독님을 떠올립니다. 여행지에서 맞닥뜨린 뜬장의 개들을 구조하시고 사랑으로 뽀얗게 만들어서 새 가족들을 찾아주시는 걸 지켜보며, '지나치지 못하는 마음'을 사람으로 빚으면 감독님과 감독님 가까운 분들이겠구나 감탄합니다. 감독님께도 마음이 어두워지는 날이 분명 있겠지만, 저에게 그런 날 기대는 분이 감독님인 것을 꼭 말씀드리고 싶었어요.

감독님과, 감독님의 가족 '사람이'와 함께 긴 산책을 했던 날도 봄이었던가요? 봄 아니면 가을이었을 텐데 싶어요. 사람이가 저를 보자마자 신이 나서 제 손목을 앙앙 물었는데, 그게 개들의 악수인 걸 그날 배웠습니다. 절대 살이 파이지 않게 기분 좋을 정도로만 무는 것이 다정했고 그럼에도 돌아와서 보니 이빨 모양으로 아주 작은 멍이 두개 들어 있었는데 그 멍조차 마음에 들어서 오래갔으면 했답니다. 사람이가 자기 물을 다 마신 다음 제 물병을 빤히 보았던 것도 좋았습니다. 물을 함께 나눠 마신 사이는 가까운 사이지요. 감독님이 사람이에게 사람이라는 이름을 붙여준 이유를 알 것 같았어요. 감독님이 구조한 동물 친구 중 한 아이를 제가 데려왔어야 했는데, 하필 함께 사는 사람이 매일 바닥을 반짝반짝 닦는 것을 제일 행복으로 여기는 이라 합의에 이르지 못한 게 아쉬워요. 타일 위에 촉촉한 발자국들이 남는 게 사랑스럽기만 하던데 말예요.

   그래서 저는 주로 새를 보러 다니는데, 요새는 코로나 때문에 근처 천변 정도를 다니고 있지만 몇년 사이 깊이 몰입해서 새를 사랑하게 되었답니다. 노년까지 스스로를 돌보고 나서 남는 것들은 새들을 위해 기부해야지 마음먹었어요. 알아보니 여러가지 방법들이 가능하더라고요. 철새들이 찾아오는 습지를 보호하는 쪽에 기부하면 어떨까 고민해보았어요. 습지가 많으면 우선 새들에게 좋지만 사람들과 접촉이 줄어들어 전염병 위험도 작아진다고 하더라고요. 기업인이

나 연예인 분들이 큰 금액을 매년 기부하는 걸 보면 정말 재미있고 의미 있겠다 싶어 부러울 때가 있습니다. 가볍게 먼 훗날의 계획을 털어놓으면 신기해하시는 분들도 계시는데, 그러고 보니 그 아이디어가 오롯이 제 것만은 아니더라고요. 베아트릭스 포터^{Beatrix Potter}에게 영향을 받은 거였구나, 최근에 깨달았습니다. 감독님도 『피터 래빗』 시리즈를 좋아하시나요? 어쩐지 좋아하실 것 같아요. 평생 아름다운 자연 속 동물들이 나오는 이야기를 그렸던 베아트릭스 포터가 전재산으로 4천 에이커의 땅을 사 환경단체에 보존지구로 기부했다는 것은 이야기보다도 완벽한 결말이지요. 4천 에이커면 여의도 다섯개만 한 넓이라고 하는데 짐작이 잘 되지 않지만, 19세기 먼 나라의 작가이자 환경운동가였던 베아트릭스 포터의 작품과 삶이 저에게 지워지지 않는 지문처럼 남아 세계관과 방향성을 결정한 것 같습니다. 감독님께도 그런 누군가가 있으신가요? 시간을 훌쩍 뛰어넘어 연결되어 있다고 느끼고 마는 이가요. 아무래도 음악과 관련된 분일까요? 이어 쓰는 편지는 한 방향으로만 흐르지만, 감독님이 쓰실 편지가 매우 궁금해집니다. 어쩌면 감독님과 제가 점점이 그리고 있는 경로도 150년쯤 후, 바다 건너의 누군가에게 영향을 줄지 모르겠어요. 세상이 상상을 훌쩍 뛰어넘는 순간들을 사랑하곤 합니다.

감독님과 함께 걸을 때, 혹독하다고밖에 말할 수 없는 여성 문화인의 삶에 대해서도 자주 고민을 나누는 것 같습니다. 어떤 기회들이 유난히 어렵고 드물게 주어진다는 것에, 언제까지 배타적인 테두리 밖에 서 있어야 하는지 알 수 없다는 것에 대해서요. 그렇지만 지금껏 큰 사랑을 받고 있는 베아트릭스 포터조차도 출판을 거절당하고 비웃음당했다는 걸 떠올리며 위안을 받습니다. 막힌 벽, 제한선, "너는 여기까지만 해" 하고 가로막는 손이 나타나면 함께 넘어갈 수 있을 거예요. 쉬운 일은 아니겠지만 더 나빴던 과거에도 자기확신을 잃지 않았던 여성들처럼요. 어떤 거부는 거부받는 사람에게 결함이 있는 게 아니라 거부하는 사람들에게 책임이 있다는 걸 점점 더 명확하게 보게 됩니다. 혼자 걸을 때에도 함께라는 걸 알고 나자 벽들이 투명해져요. 벽을 짓는 사람들보다 멀리 걸어가기로 해요.

언젠가 꼭 함께 작품을 만들어요. 그게 언제일지 어떤 작품일지 결정할 수 있는 권한은 저에게도 감독님에게도 없지만 그날이 오기를 기다릴 거예요. 제 마음속 시공을 제멋대로 가로지르는 언니들의 연결망 위, 감독님이 가장 가깝고 빛나는 자리에 계시단 걸 잊지 말아주시길 바랍니다.

얼마 전 이사를 하셨으니 새로운 산책로를 찾으셨겠네요. 또 도시락을 싸서 가겠습니다. 사람이가 이번에도 악수를 해주면 좋겠어요.

2021년 봄
세랑 드림

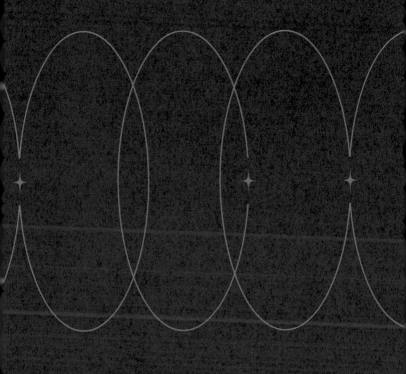

혼자 걸을 때에도 함께라는 걸 알고 나자 벽들이 투명해져요.
벽을 짓는 사람들보다 멀리 걸어가기로 해요.

더 많은 여성들에게
잘했다고 말해주고 싶어요

김인영

✦

드라마·영화 음악감독. 간간이 영화 번역 일도 한다. 세살배기
믹스견 '사람이'와 살고 있다.

손수현 배우님께

날이 따뜻해지고 봄꽃이 만발하나 싶었는데 급한 봄비로 다 져버려서 아쉬웠어요. 그나마 떨어진 잎들이 봄 길을 만들어주어 조금은 위로가 되는 오늘입니다. 잃어버린 일상이 그립고 많은 것이 급변해 적응해야 하는 것들이 늘어난 요즘, 어수선한 시국에 맞은 두번째 봄.

수현씨는 잘 지내고 있나요?

존경하는 정세랑 작가님이 보내신 편지를 받고 벅찬 가슴이 진정되기도 전에 다른 여성에게 답장을 이어가야 했을 때 제일 먼저 수현씨 생각이 났습니다. 근 몇년간 열정적인 업계 동료로, 다정한 동네 친구로, 먼저 채식주의를 실천한 삶의 선배로, 제게 큰 영향을 준 사람이 바로 수현씨이기 때문입니다.

수현씨를 처음 만난 때가 생각납니다. 그때 저는 많이 지

더 많은 여성들에게 잘했다고 말해주고 싶어요

쳐 있었고 제 감정들은 닳아 있었어요. 저작권을 침해당하고 노동력을 착취당하던 저와 동료들은 회사의 내부고발자가 되었고, 새로 팀을 만들어 독립했지만 맨몸으로 부딪힌 업계 는 여성 창작자에게 정말 가혹했습니다. 새로운 것을, 여성 메인 음악감독을 받아들이려 하지 않는 이들에게 나의 창작 력을 어필해 일을 따내어야 하는 상황은 정말 고됐습니다.

　사랑하는 일이 독이 되어 나를 할퀴어대 휘청거리던 즈 음에 우리는 주연배우와 음악감독으로 한 작품 안에서 만났 습니다. 물론 그 작품을 통해 서로의 존재를 알았으나 우리 가 친구가 된 것은 한참 뒤지요. 작품이 끝난 후 수현씨가 여 성인권과 동물권에 관해 목소리를 내는 걸 지켜보면서 저런 멋진 사람과 일을 같이 했는데 친구가 될 기회를 놓친 것이 너무 아까웠어요. 용기를 내서 차 한잔하자고 연락한 그날 의 제가 참 기특합니다. 나와 이상이 맞는 친구를 새로 사귀 기는 어려울 거라 생각하고 살던 제게 무엇과도 바꾸지 않을 소중한 인연이 생겼으니까요.

　지난겨울 우리는 함께 유기견 보호소인 '더봄센터'에 봉

사활동을 갔습니다. 채식을 실천하는 모임 친구들과 함께였어요. 우리는 그곳에서 동물보호 시민단체 '동물권행동 카라'의 대표이자 영화계의 큰언니 같은 여성, 임순례 감독님을 만났습니다. 언제 뵈어도 늘 놀라움을 안겨주는 분이죠. 수현씨에게 편지를 쓰려고 앉으니, 우리의 공통 관심사인 동물권과 영화 현장에서 앞서서 거친 길을 헤쳐온 그분을 떠올리게 되었습니다.

2014년, 동물권에 본격적으로 관심을 갖고 행동하는 사람이 되자고 다짐했던 시기. 경기도 고양시의 어느 개 도살장에 시위를 하러 나갔습니다. 그곳에서 죽은 개들을 위해 추모사를 읽고 계시는 임 감독님을 처음 뵈었어요. 저는 어린 시절 가슴 저려하며 보았던 음악영화 「와이키키 브라더스」(2001)를 만든 임순례 감독님이 동물단체의 대표인지 모르고 있었습니다. 제게 그는 2008년 「우리 생애 최고의 순간」으로 여성감독으로는 두번째 최다 관객수인 400만 스코어를 기록한 거장이었고, 「제보자」(2014) 「남쪽으로 튀어」(2012) 같은 정권 비판, 사회 고발성 영화부터 「소와 함께 여행하는 법」(2010)과 같은 직접적인 동물 관련 영화까지 다양한 장르를 아우르는 작품을 만들어낸, 거침없고 힘이 넘치는 여성 창작자였습니다. 그야말로 '진보적인' 사람이었습니다. 어떻게 저렇게 많은 작업들을 해오면서 동물단체 활동까지 하시는 건지 그 에너지에 늘 감탄하고는 했죠. 동물보호 관련 현장이 아닌 곳에서도 그분을 볼 수 있었고 그분의 목소리를 들을 수 있었습니다. 부패한 정권을 향해 영화로 직구를 던지고, 세월호특별법 제정을 촉구하고, 영화계 미투 공작설이 돌던 참담한 시기에 청중을 장악하는 카리스마로 피해자들과 함께했습니다. 약자들과 연대하는 곳에는 늘 그분이 계셨습니다. 그리고 제가 창작자들을 착취하는 전 회사를 보이콧하며 악순환을 끊어달라고 업계에 호소했을 때, 임순례 감독님께서 해주신 말씀을 똑똑히 기억하고 있습니다.

"그들을 꼭 기억하겠으며 당신들의 용기에 박수를 보낸다. 고용할 힘을 가진 사람들이 힘없는 창작자들의 편에 서줘야 한다."

자신의 위치를 알고, 가진 힘과 정성을 선한 일에 기울일 수 있다는 것은 얼마나 아름답고 위대한 일인지요.

*

동물권을 위해 비거니즘을 실천하고 여성 창작자들과 연대하며 자신만의 길을 만들어가는 수현씨를 볼 때면 임순례 감독님과 많은 부분이 겹쳐집니다. 특히 임 감독님의 최근작인 영화 「리틀 포레스트」(2018)는 요리 장면이 주를 이루는데, 편의점 도시락이 나오는 씬 외에 단 한 장면에도 고기가 등장하지 않아요. 심지어 촬영에 쓰인 송충이 한마리까지 안전하게 나무로 돌려보냈다고 합니다. 3년 전, 일상에서 내가 채식을 할 수 있을까 고민할 때 선뜻 도와주겠다며 음식을 나누어주고 채식주의 식당과 제품을 공유해준 수현씨 덕에 저는 채식을 시작했어요.

저작권 분쟁 후 작업 의뢰가 끊기고 앞으로 작업을 계속할 수 있을까 고민하던 때, 기다리는 시간에 할 수 있는 일을 찾아보자고 새로운 가능성을 제시한 사람도 수현씨입니다. 선택을 받아야만 일을 할 수 있다고 생각하던 제게, 수현씨의 말은 눈을 새로 뜨게 해준 것이나 다름없었습니다. 그래서 당신은 본인이 출연할 영화를 만들었고 저는 음악과 함께 오래전부터 하고 싶었던 영화 번역 일을 시작했어요. 여성들이 서로를 독려하고 끌어줄 때 발휘되는 힘은 엄청난 것 같습니다. 그렇기에 우리는 서로 잘했다고 더 많이 말해줘야 합니다. 여성은 쉽게 공격당하고 폄하되고 통과하기 힘든 벽을 늘 마주하며 살아가고 있으니까요.

저는 생명을 중히 여기고 약자를 배려하는 마음에서 인권과 평등이 발현된다고 믿어요. 그렇게 만들어진 힘은 단단하고 오래갑니다. 같은 방향을 바라보는 이들이 견고한 유대를 이어나갈 때 더 많은 여성들이, 생명들이 '살게' 될 겁니다. 그런 의미에서 수현씨께 당신은 잘하고 있다고 전부터 말해주고 싶었어요. 삶을 대하는 태도가 참 멋지다고, 대단한 여성이라고, 존경한다고 말해주고 싶었어요. 계속해서 연기해달라고, 영화를 만들어달라고 말하고 싶었어요. 그리고 고맙다고 말하고 싶었습니다. 더 많은 여성들이 우리처럼 서로 의지하고 칭찬해주고 격려해주며 살아가길 소망합니다.

흉흉한 세상이지만 오늘도, 앞으로도 건강하게 오래 보았으면 해요, 우리.

이만 줄입니다. 안녕히 계세요.

2021년 4월

음악감독 김인영 드림

더 많은 여성들에게 잘했다고 말해주고 싶어요

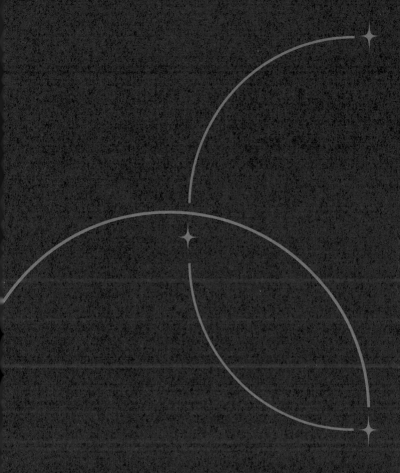

당신은 잘하고 있다고 전부터 말해주고 싶었어요.
삶을 대하는 태도가 참 멋지다고,
대단한 여성이라고, 존경한다고,
그리고 고맙다고 말하고 싶었습니다.

꽃샘추위

손수현

✦

연기를 하고 간간이 글도 쓴다. 연희동에서 고양이 셋과 살고
있다. 단편영화 「선풍기를 고치는 방법」을 연출했다.

추적추적 비가 내리는 날입니다. 희뿌연 물안개로 가득한 창밖을 바라보고 있자니 몇날 동안 멋모르고 쏟아지던 햇빛이 머쓱하지는 않을까 하는 생각이 들기도 하네요. 비가 오는 날에는 조금 멍해지는 기분입니다. 창가 근처에 앉아 '시대를 앞서간 언니'에 대해 생각하다보니 문득 누군가를 '동료'라고 부르게 된 것이 저에게는 얼마 되지 않은 일이라는 생각이 들었습니다. 어떤 프로젝트에 동료로서 동등하게 참여한다는 게 무척 어려운 일이기도 하잖아요. 동료라는 말의 의미는 고작 같은 직장이나 같은 부문에서 함께 일하는 사람이라고 통용되고, 저는 요즘에 들어서야 그 단어가 얼마나 무미건조하게 쓰이고 있었는지에 대해 생각하게 되었습니다. 꼭 돈을 벌어먹기 위한 일에만 국한되지 않았을 때 훨씬 더 끈끈하고 애정 어린 단어가 될 수 있구나. 신승은 감독

의 「생각나는 얼굴들」이라는 노래의 한 부분을 들으면서 더
더욱 그런 생각이 들었습니다.

　　술 잘 먹고 이 아침에 오지랖이지. 천하무적 내 동료
　　들 보고 싶구나. 엄청 많이 존경하고 믿는 거 알죠. 눈길
　　에선 내 팔을 잡아요.

　　　　　　　　　　　　　　　　　　　─신승은 「생각나는 얼굴들」

　　사랑하는 친구이자 한쪽 팔을 기꺼이 내주는 든든한 동
료 김인영 음악감독님에게 편지를 받고서 이 글을 써내려가
고 있습니다. 그의 애정 어린 글을 받아보고선 며칠 전 햇빛
과 같은 머쓱함에 얼굴이 벌겋게 달아오르다가도 칭찬을 받
는 일은 왜 이렇게 늘 낯설기만 할까,라는 마음에 다다랐습
니다. 미움이 더 익숙한 세상에서 오랫동안 지내왔기 때문일
까요. 미움이 익숙한 세상일지라도 솔직한 마음으로는 모두
가 저를 좋아해주었으면 좋겠습니다. 아마 대부분 비슷한 생
각을 할 것이라고 생각을 합니다. 누군가가 나를 미워한다는

사실은 쉽게 받아들이기 힘든 일이잖아요. 그러니 차선으로 미움받기 위한 용기를 갖기 위해 책을 읽고, 최선으로 미움받지 않기 위해 말을 아끼게 되었던 것이 아닐까요. 모두가 오랫동안 그렇게 지내왔던 것 같습니다. 하지만 세상은 정확하게 여자를 가리키며 미워하고 그 미움에는 아무런 이유가 없다는 걸 깨달으면서 뒤늦게서야 미움받는 여성들이 눈에 보이기 시작했습니다. 아니 미움에 맞서는 여성들이라는 말이 더 맞겠네요.

　많은 얼굴을 떠올렸고 고 설리씨의 모습이 떠올랐습니다. 생리대 기부 사업을 준비하며 낙태죄 폐지를 함께 기뻐하고, '하늘 같은 선배님'과 함께 찍은 사진을 올리며 'OO씨'라는 호칭을 자연스레 적던 모습을요. 속옷을 입지 않는 이유에 대해 '편견을 없애고 싶었어요'라고 말하던 그의 모습은 평소 속옷에 몸을 꾸역꾸역 욱여넣던 저에게도 커다란 용기가 되어주었습니다. 생리대 파우치를 공항 패션으로 활용하려 했던 설리씨의 아이디어에 폭탄 돌리기를 하듯 생리대를 전달해주던 기억이 떠올라 실소가 나왔고, 평소 '선배님'이라는 말이 나오지 않아 애를 먹던 저는 그의 '○○씨'라는 한 마디에 한달음 마음을 놓고 말았습니다. 그래. 젖꼭지가 뭐 어쨌다고. 나 생리하는데 뭐 어쩌라고. 내가 저 사람을 뭐라고 부르든 당신과 무슨 상관이죠. 서열에 따른 호칭 따위가 그렇게 중요하다면 저에게 설리씨는 절대로 '언니'가 될 수 없었을 테지요.

'모든 여성에게 선택권을.'✦

대중은 그런 그를 미워했습니다. 그들은 그가 다수에게 알려진 사람으로서의 영향력을 생각해야 한다고 주장했습니다. 연예인이라는 직업에는 어느 순간부터 공인公人이라는 꼬리표가 붙었고 저는 그것이 늘 못마땅했습니다. 아무런 이유가 없는 미움에 명분을 만들(어준다고 착각하)기 때문이었습니다. 직업의 행위가 공개적으로 보여질지 몰라도 그것은 공적인 것이 아니며, 그 행위의 주체는 당연히 개인이라는 사실을 불특정 대중은 편리하게 잊는 듯했습니다. 연예인의

✦ 설리 인스타그램 "#2019_4_11 낙태죄는 폐지된다. 영광스러운 날이네요! 모든 여성에게 선택권을.", 2019.4.11.

영향력을 생각하라는 말을 끊임없이 반복하면서요. 아니, 그러니까 그 영향력을 개인의 신념으로 멋지게 사용하고 있던 건데요. 영향력을 생각하라는 따위의 비난은 다른 곳을 향해야 하지 않을까요. 이를테면 많은 남자 연예인들이 연루되어 있던 성폭행 단톡방 같은 곳에. 동물을 쉽게 '구매'하고 버려대는 사람들을 향해.

고 구하라씨가 '정준영 단톡방'이라고 불리는 사건을 보도한 강경윤 기자님에게 도움을 주고 싶다며 연락했다는 이야기를 뒤늦게 전해 들었습니다. 비통함이 채 가시지 않았을 때였고 어느 날엔가 친구가 했던 말이 떠올랐습니다. 우리는 항상 앞서간 누군가에게 빚을 지며 살고 있다는 생각이 든다고요. 고개를 수백번 주억거리다가도 마지막 고갯짓을 마치며 고개를 들 수 없었던 건 앞서간 언니, 동료들 덕분에 내가 조금 더 나은 세상에서 살고 있다는 생각 때문이었습니다.

구하라씨의 세상에는 동물들도 함께 있었습니다. 동물보호 시민단체인 '동물권행동 카라'에서 유기견의 중성화를 지

못생추위

원하고 입양처를 홍보하며 가족을 찾아주었다는 소식은 여전히 동물을 '생산'하고 '파는' 구조를 적극적으로 비판하고자 하는 의지처럼 느껴졌습니다. 김인영 음악감독님의 편지에 적혀 있던 구절처럼 생명을 소중히 여기고 약자를 배려하는 마음에서 인권과 평등이 발현된다는 사실을 그는, 그들은 너무 잘 알고 있던 것이겠지요. 매번 힘 있는 자들은 우습다는 듯 법망을 빠져나가고 턱도 없는 형량을 받으며 재기를 노리는 꼴을 수도 없이 마주하지만, 그런 결과를 마주한다고 해서 우리 동료들이 소중히 여겼던 마음이 사라지는 건 결코 아닐 테니까요.

추적추적 비가 내리는 날입니다. 비가 내려도 공기는 예전만큼 차갑지 않아서 이제야 완연한 봄이라는 사실을 새삼스레 깨닫습니다. 그러니까 우리가 지나온 봄은 추위의 시샘이 가득한 봄이었던 것이겠지요. 생각해보면 차디찬 겨울을 지나 맞이한 3월의 봄은 늘 겨우 피어난 꽃잎을 시샘한다는 말로 시작하는 듯하더군요. 그래서 그런 걸까요. 다짜고짜 내리는 초봄의 비는 언제나 미웠습니다. 비가 올 것이라는 일기예보를 보고 나면 꽃 몽우리가 맺히기도 전에 미움이 제일 먼저 피어났습니다. 추운 몇 달을 지새우고서 겨우 얻어 낸 따사로움의 증표를 시샘 따위에 빼앗기는 것 같은 마음이 들었기 때문이었습니다. 막연한 마음을 글로 풀어내고 나니 봄꽃을 더 보고 싶다는 이유로 봄비를 미워한다는 말이 가당 치도 않아서 헛웃음이 나네요. 겨울이 봄을 시샘하는 것이라 믿는 인간의 상상력도요. 천천히 뜯어보면 어떤 미움은 마치 실체 없는 거짓말인 것만 같아요.

이유 없는 미움에 맞서느라 수고하셨습니다. 미안하고 고맙습니다.

2021년 추운 봄
동료 손수현 드림

꽃샘추위

천천히 뜯어보면 어떤 미움은

마치 실체 없는 거짓말인 것만 같아요.

이유 없는 미움에 맞서느라 수고하셨습니다.

포기하면 끝이야,
살아서 다시 보자

이랑

1986년 서울 출생 아티스트. 발표한 앨범으로 「욘욘슨」, 「신의 놀이」, 「늑대가 나타났다」 등. 지은 책으로 『대체 뭐하자는 인간이지 싶었다』, 『좋아서 하는 일에도 돈은 필요합니다』 등이 있다. 단편영화, 뮤직비디오, 웹드라마 감독으로도 일하고 있다. 이랑은 본명이다.

목소리가 큰 조선인 한동현 언니에게

언니를 생각하면 언제나 함께 떠오르는 대사가 있어요.
"언니로서 응당 사주겠다."

언니가 난관을 뚫고 방문한 서울에서 만났을 때도, 코로나 이전에 제가 도쿄에 방문해서 만났을 때도 언니는 '언니로서 응당' 맛있는 밥과 술을 사주곤 했지요. 처음 언니를 만났을 때는 일본에서 자주 접해보지 못한 커다란 볼륨의 목소리와 낯선 조선어 말투가 마냥 재미있다고 생각했어요(응당, 항시, 뭐라 할가, ~하라, ~아니겠는가). 언니와 도쿄의 카페나 술집에서 대화를 나눌 때 주변에서 유독 힐긋거리던 시선들이 생각나네요. 그건 언니와 저의 큰 목소리 때문이었을까요. 조선어와 한국어 말소리 때문이었을까요.

부끄럽지만 저는 언니를 만나기 전까지 재일코리안에 대해 아무것도 모르는 사람이었습니다. 조선학교가 등장하는 극영화 한편, 다큐멘터리 영화 한편을 본 게 전부였지요. 영화에 나온 조선학교 학생들이 왜 조선민주주의인민공화국 말투를 쓸까 생각하며 영화를 보았던 기억이 납니다. 2017년에 「임진강」이라는 노래를 처음 알게 되고, 2018년 1월에 일본어와 한국수어로 부른 「임진강」 뮤직비디오를 발표한 뒤 도쿄에 살고 있는 언니가 저에게 연락을 했었지요. 언니는 「임진강」 노래에 얽힌 역사와 제 뮤직비디오에 대한 감상을 야후재팬에 기사로 썼고, 이후 제가 공연차 일본에 방문했을 때 인터뷰를 하고 추가 기사를 썼습니다. 그때 재일코리안에 대해 아는 게 없는 제가 얼마나 많은 말실수를 했을까 생각하니 머리에서 땀이 나는 것 같습니다만, 언니는 한번도 저를 비난하거나 가르치려 드는 법이 없었습니다. 제가 자연스럽게 질문할 거리를 찾도록 '항시' 도와주었지요.

*

제가 제일 좋아하는, 사고를 확장하는 방법은 바로 친구를 사귀는 것이랍니다. 그런 면에서 일본을 오가며 언니를 포함한 재일코리안 친구들을 만난 것이 저에게는 무척 기쁜 일입니다. 재일조선인 2세인 언니를 포함해 재일 3세, 4세 친구들, 그리고 일본 귀화자, 한국 국적자, 조선적朝鮮籍 보유자 등 재일在日 안에서도 다양한 정체성의 친구들을 만나며 제가 삼십몇년간 얼마나 좁은 세상에서 살고 있었는지 알게 되었습니다. 조선적인 언니에게 여권이 없다는 것도, 그래서 한국에 방문하기 어렵다는 것도 뒤늦게 알게 된 것들이지요 (그것도 모르고 "다음에 서울에서 같이 놀아요"라고 쉽게 말한 점 사과드립니다…).

'조선적'이 무엇인지 처음 알게 되었을 때, 이동의 편의를 위해 국적을 바꿀 생각이 없는지 언니에게 물어보았던 적이 있습니다. 그런 실례되는 질문을 한 것도 부끄럽습니다만, 그때 언니는 무척 당당하게 "내가 왜 바꿔야 돼?"라고 대답했지요. 대답을 듣고 '어? 그러게?!' 하고 머리가 띵했습니다. 국적을 바꾸지 않아도 자유롭게 이동할 수 있는 권리를 찾는 게 당연하다는 걸 그제야 깨달았습니다.

제가 재일조선인으로 태어났다면 어땠을까 상상해보았습니다. 태어난 곳의 나라 이름은 일본인데, 부모의 국적은 조선이고, 찾아보니 조선이란 나라는 내가 태어나기도 전에 대한민국과 조선민주주의인민공화국으로 분단된 지 오래고, 살고 있는 일본에선 투표권을 포함해 여러 권리를 주장하기 어려운데, 여권이 없으니 일본 바깥으로 나가지도 못하고. 그야말로 혼란의 카오스였을지도 모르겠어요. 저라면 언젠가 국적을 바꿨을까요. 가보고 싶은 곳에 남들처럼 가기 위해 일본에 귀화하거나 대한민국 국적을 취득했을까요. 조선민주주의인민공화국 국적을 취득하고 그 나라로 향했을까요. 초·중·고 모두 조선학교를 다니고 조선적을 유지했을까요. 하지만 그 무엇을 바꿔도 재일조선인으로 태어났다는 사실 때문에 차별은 계속되었을까요.

얼마 전 『역사의 증인 재일 조선인』(반비 2012)을 쓴 서경식 선생의 강연 영상을 보았습니다. 강연 내용 중에 이런 게 있었어요. 재일조선인인 어떤 분이 학창 시절 친해진 일본 친구에게 자신이 재일조선인이라는 사실을 용기 내 말했을 때 이런 대답을 들었다고요.

"아, 그래? 전혀 몰랐어. 일본 사람이랑 똑같으니 신경 쓰지 마."

서경식 선생은 그 일본 친구의 대답에서 '문제가 없는데 신경 쓰는 네가 문제다'라는 속뜻이 읽힌다고 하더군요. 문제가 없는데 신경 쓰는 너의 문제. 사회적인 차별이 분명히 존재하는데도 신경 쓰지 말라는 말로 문제를 제대로 보려고 하지 않는 게 더 큰 문제겠지요.

일전에 만난 재일코리안분에게서 어린 시절 자기 이름을 일본식으로 바꿔달라고 부모님께 울며 떼를 썼다는 이야기를 들은 적이 있습니다. 부모님은 '조선인으로서 프라이드를 지키며 살라'며 이름을 바꿔주지 않으셨대요. 그땐 그분이 너무 어려서 '프라이드'라는 낯선 말의 뜻도 몰랐지만 부모님의 단호한 기세에 '프라이드'라는 게 뭔가 엄청나게 중요한 것이라고 느꼈고, 이후 이름 때문에 겪는 차별을 마주할 때마다 '나는 프라이드를 지켜야 돼'라고 생각하며 참았다더군요. 그 이야기를 들었을 때도 그랬지만, 저는 언니가 '내가 왜 바꿔야 돼?'하고 말했을 때도 엄청난 프라이드를 느꼈습니다. 특정 국가나 민족에 대한 프라이드가 아닌, 한 사람의 인간 존엄성 그 자체에서 발신하는 프라이드를요.

*

저는 엊그제 청년예술인 지원사업 심의위원 간담회에 다녀왔습니다. 작년에도 비슷한 사업의 심의위원으로 참여했었는데요, 작년과 올해의 간담회 분위기가 사뭇 달라 놀랐습니다. 올해 간담회에서 특별히 신신당부받은 것은 한 사람의 성별, 장애, 나이, 언어, 직업, 인종, 국적, 출신 지역, 혼인 여부, 임신 또는 출산, 가족 형태, 종교, 외모, 성정체성, 성적 지향, 학력, 건강상태 등을 이유로 심사에 차별을 두지 말라는 것이었습니다. 차별금지법 제정 촉구를 위해 얼마 전 동료 뮤지션들과 함께 선언문을 읽으며 보았던 익숙한 문구들을 다시 보니 무척 반갑고 기뻤습니다. 하지만 1986년에 태어난 제가, 2가 두번이나 들어가는 너무나 미래적인

2021년에 살면서 이와 같은 차별금지 문구를 여전히 신신당부받아야 하는 것이 조금 슬펐습니다. 문득 199n년에 참여한 미래 모습 그리기 경연대회에서 제가 그렸던 자율주행 수륙양용 전기차가 떠오르더군요. 수륙양용은 차치하고서라도 반* 자율주행 전기차가 실존하는 현시대에 아직까지 '어떤 이유로건 사람을 차별하지 말라'는 법을 만들라고 촉구해야 할 줄 그때는 미처 몰랐습니다. 타임머신을 타고 돌아가 다시 한번 미래 모습 그리기 대회에 나간다면 수륙양용자동차보다 먼저 '(경)차별금지법 제정(축)' 현수막이 휘날리는 모습을 그리고 싶습니다.

언니랑 라인으로 종종 메시지를 주고받았던 걸 오늘 이 편지를 쓰면서 찾아 읽어보았어요. 그중에 너무 마음에 남는 문장이 있어 (언니는 부끄럽겠지만) 여기 옮겨 적어봅니다.

정확한 것이란 항상 상대적인 것이고, 그러나 정확한 것을 탐구하는 과정이 중요하고, 그 과정 자체가 정의롭다고 할가. 포기하면 끝이야. 동생아, 살아서 다시 보자.

한동현 언니, 살아서 다시 만나요. 만나서 큰 목소리로 도쿄 어딘가의 술집이 쩌렁쩌렁 울리게 조선어와 한국어로 함께 대화를 나눠요. 많이 보고 싶어요.

2021년 여름

서울에서, 랑이가

---

* 일본에 거주하는 조선반도 출신 사람들을 부르는 호칭은 재일(자이니치), 재일동포, 재일교포, 재일한국인, 재일조선인, 재일코리안 등으로 다양합니다. '재일'이라는 말 안에도 조선적, 대한민국(남한)국적, 조선민주주의인민공화국(북한), 일본 국적 등 여러 집단이 존재합니다. 또한 자신의 정체성을 어떻게 정립했는지에 따라 당사자가 쓰는 호칭이 국적과 상이할 때도 있습니다. 이 편지에서는 한동현 언니를 '재일조선인', 그외는 현재 가장 넓은 의미로 쓰이는 '재일코리안' 호칭을 주로 썼습니다.

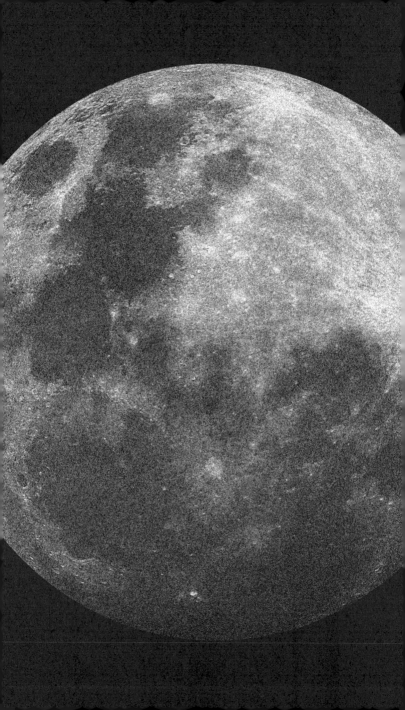

정확한 것이란 항상 상대적인 것이고,

그러나 정확한 것을 탐구하는 과정이 중요하고,

그 과정 자체가 정의롭다고 할가.

포기하면 끝이야.

동생아, 살아서 다시 보자.

식물은 언제나
다정합니다

이소영

✦

식물을 그림으로 기록하는 식물세밀화가. 국내외 식물 연구기관
및 학자들과 협업해 식물학 그림을 그린다. 『서울신문』에 「이소
영의 도시식물 탐색」을 연재하며 네이버 오디오클립 「이소영의
식물라디오」를 진행한다. 『식물 산책』 『식물의 책』 『식물과 나』를
썼다.

위안이 필요한 당신에게

순천에서 편지를 씁니다. 저는 줄곧 그림 그릴 식물을 찾기 위해 전국을 누벼왔지만, 오늘은 식물을 찾기 위해 온 것이 아닙니다. 100여년 전 우리나라의 야생화를 그림으로 그려 엮은 책 『한국의 들꽃과 전설』*Flowers and Folk-lore from far Korea*의 초판본을 보기 위해 왔습니다. 이 책은 영어로 쓰인 최초의 우리나라 야생화 책이자, 한국 식물세밀화 역사에서 가장 중요한 책이기도 합니다.

제게는 『한국의 들꽃과 전설』의 2쇄본이 있습니다. 경기도 외곽의 헌책방에서 우연히 이 책을 발견하곤 떨 듯이 기뻤지요. 우리나라의 식물이 기록된 책이지만 일본과 미국에서만 출간되었기에 우리나라에서는 쉽게 구할 수 없더군요. 책에는 1900년대 초 한국에서 관찰, 기록된 148종의 식물 그림과 이에 관한 간략한 설명이 쓰여 있습니다.

이 책을 지은 사람은 한국인이 아닌 미국인 플로렌스 헤들스톤 크레인Florence Hedleston Crane입니다. 크레인은 식물학자도 식물세밀화가도 아니었습니다. 선교사인 남편 존 크레인 John Crane과 선교를 위해 한국에 온 아주 보편적인 선교사 가족이었지요. 그림 그리기를 좋아한 크레인은 순천 시내가 한눈에 내려다보이는 산 중턱의 집에 살며 학생들에게 미술을 가르쳤고, 대학에서 생물학을 전공한 경험을 살려 순천의 들풀과 나무를 한종 한종 그림으로 남겼습니다.

순천에 와 제가 가장 오래 머무른 곳은 크레인의 둘째 아들인 폴 크레인이 기증한 『한국의 들꽃과 전설』 초판본이 전시된 순천기독교역사박물관입니다. 크레인의 책과 각종 기록물이 이곳에 소장되어 전시되고 있습니다. 아쉬운 것은 박물관 여러 책자에서 크레인을 '여사'라 호칭하고 있다는 것입니다. 선교사인 남편의 존재가 크기 때문이라고 생각하고 싶지만, 식물학계에서도 크레인은 '여사'로 불립니다. 저는 늘 이 점이 의아했습니다. 크레인이 우리나라 식물학계에 끼친 영향력을 떠올리면 더더욱 정식 호칭을 부르는 것이 마땅

할 텐데 말이죠.

물론 우리나라의 식물을 그림으로 기록한 외국인은 많습니다. 크레인이 순천에서 활동하던 시기, 미국의 식물학자 어니스트 윌슨Ernest Henry Wilson은 제주도에서 자생하던 구상나무를 발견해 미국으로 가져가 신종으로 발표했으며, 일본의 식물학자 나카이 다케노신中井猛之進 역시 조선총독부에 파견되어 우리나라 곳곳을 뒤지며 발견한 식물들의 학명에 자신의 이름을 붙였지요. 나카이는 우리나라 나무에 이름을 가장 많이 붙인 사람이며, 크레인과도 인연이 있습니다. 크레인이 책을 펴낼 때 한국에 자생하는 식물에 대한 보다 정확한 정보를 기재하기 위해 한국 식물에 해박한 나카이에게 책 감수를 부탁했거든요. 우리나라의 식물을 가장 잘 알고 있는 이가 일본인이었다니 아이러니지요. 식물에는 국경이 없고 어느 나라든 외국인이 식물을 연구하고 기록한 역사는 있지만, 우리나라의 식물 기록이 우리 스스로 기록한 것보다 일제강점기 일본인에 의한 기록이 더 많다는 것이 늘 안타깝습니다.

식물은 언제나 다정합니다

하지만 제가 느끼기에 크레인의 그림은 이들과 조금 다릅니다. 신종을 발견해 자신의 이름을 붙이고자 하는 욕망 같은, 기록의 목적이 드러나지 않기 때문이에요. 결과적으로 그의 기록은 우리나라의 자생식물을 세계에 가장 널리 알린 최초의 책이 되었지만, 크레인의 그림에는 자신의 존재를 증명하려는 욕망보다는 식물을 더불어 살아가는 친구로 대하는 다정함이, 또 혼란의 시절 이국땅에 오게 된 크레인의 외로움과 낯섦이, 그리고 그 시절 식물이 주었을 위안이 덧대어 있습니다.

*

크레인은『한국의 들꽃과 전설』에서 월별로 식물을 분류해 소개합니다. 한겨울인 1월 장에는 동백나무와 차나무, 그리고 봄이 본격적으로 시작되는 3월 장에는 개나리와 산자고, 미나리아재비가 소개되어 있지요. 우리에게 익숙한 할미꽃도 등장합니다. 할미꽃 그림 옆에는 '할머니꽃'이란 이름이 작게 적혀 있습니다. 처음 이 페이지를 보았을 때 비로소 '아, 할미꽃은 할머니의 꽃이지' 생각했습니다. 그때부터 할미꽃을 발견하면 마음속으로 할머니꽃이라 불렀어요. 그렇게 할미꽃을 자주 들여다보니 더이상 예전처럼 쓸쓸하거나 처연해 보이지 않더군요. 이들은 다른 식물들이 아직 잎을 틔우는 초봄에 기운차게 꽃대를 올리고, 봄볕 아래 빛나는 자주 벨벳 꽃잎을 드러냅니다. 다른 식물들이 꽃을 피울 때 이미 열매를 맺고요. 할미꽃은 그 어떤 식물보다 씩씩하고 빠르며, 광채를 내며 빛납니다.

크레인이 기록한 식물들은 100년 전에는 길가에서 흔히 볼 수 있는 식물들이었지만, 이제는 도시에서 찾기 어려운, 들과 산에 가야만 볼 수 있는 야생화가 되었습니다. 기후변화와 지구온난화로 인해 식물의 종 다양성과 개체 수가 급격히 줄어들며, 꽃이 피고 열매 맺는 시기 또한 변하고 있습니다. 지금으로부터 10년 혹은 20년 후에 할미꽃이 여전히 3월에 필지 혹은 한겨울에 필지 예측할 수 없습니다. 어쩌면 더이상 우리나라에는 할미꽃이 자라지 않을 수도 있을 것입니

다. 지금 내 곁에 있는 식물이 내일도 있으리란 생각을 버려
야 할 때가 되었어요. 크레인이 월별로 분류한 내용은 점점
의미를 상실해가고 있습니다.

*

『한국의 들꽃과 전설』 5월 장의 '복주머니란' 그림 옆에
는 우리말 이름과 한자명이 전혀 쓰여 있지 않습니다. 오로
지 영문명인 'Ladies Slippers'(숙녀의 슬리퍼)라고만 적혀 있지
요. 저는 이것이 참 다행이다 싶어요. 지금은 복주머니란이
라고 부르는 식물의 원래 이름은 개의 생식기를 닮은 꽃이란
의미의 개불알꽃이었기 때문입니다. 그 어떤 식물에게도 이
런 무책임한 이름을 불러주고 싶지 않습니다. 크레인도 같은
마음이었던 게 아닐까, 그림을 보며 생각했습니다.

개불알풀, 꽃며느리밥풀, 며느리밑씻개, 처녀치마… 식
물을 공부하며 식물에 특정 성별과 생식기에 빗댄 이름을 붙
이는 경우를 자주 보아왔습니다. 대개는 일본명을 우리말로

풀어 국명으로 쓴 경우이지만, 2000년대 이후에도 여전히 식물을 설명하며 유독 꽃이 생식기라는 것에 집중하여 희화화해 묘사하는 경우를 자주 봅니다. 식물에 관한 거의 모든 문제는 식물 그 자체에 있는 것이 아니라 식물을 바라보는 우리 인간에게 있다는 것을 깨닫습니다.

*

순천에 방문한 것은 이번이 세번째입니다. 첫 방문은 순천만국제정원박람회 출장이었고, 두번째 방문은 순천에서 열린 한국원예학회에 식물세밀화에 관한 발표를 하기 위해 왔을 때입니다. 식물세밀화를 주제로 무슨 연구까지 하느냐는 시선을 견디며 일주일간 홀로 전시를 준비했어요. 아는 사람 하나 없는 낯선 도시에서 유일하게 마음을 기댈 존재는 학회가 열리는 순천대학교 가는 길에 선 나무들이었습니다. 등나무와 해당화, 그리고 찔레나무. 낯선 곳에서 만난 익숙한 식물들이 꽃을 피우고 있었어요. 어찌나 반갑던지요. 그

식물은 언제나 다정합니다

때 제가 만난 식물들은 100여 년 전의 봄에 크레인이 보고 그
린 식물이기도 합니다. 크레인 또한 먼 이국땅에 와서 만난,
고향의 식물과 비슷한 식물들을 보며 외로움을 달랬을까 생
각해봅니다.

지금 제 눈앞에는 개망초와 큰금계국, 민들레와 꽃마
리… 색도 형태도 제각각인 들꽃이 피어 있습니다. 우리나라
어디를 가도 흔히 볼 수 있는 들꽃이지요. 크레인은 이 꽃들
을 보며 말했습니다.

한국이란 나라는 '삼천리'밖에 되지 않는 아주 작은
나라입니다. 하지만 지리산, 금강산, 그리고 한국의 가장
큰 섬인 제주에 있는 한라산 등, 동해안 쪽이나 서해안
쪽이나 그 어느 곳을 가더라도 거의 비슷한 종류의 꽃들
을 쉽게 발견할 수 있습니다.

—1931년 5월 20일 순천에서, 플로렌스 헤들스톤 크레인

이 편지를 읽는 당신에게도 제 눈앞의 들꽃들이 보일까

요? 아주 작고 흔하며 긴 시간 척박한 환경에서 살아내기 위해 강인한 생명력을 얻어낸, 매 계절에 피어나는 들꽃이요. 크레인과 저는 전혀 다른 시간에 살지만, 할미꽃과 동백나무와 개나리로 연결되는 것만 같습니다. 어쩌면 어디서나 피어나는 이 작은 들꽃들이 제게 종종 그러듯 크레인에게도 위안을 건넸을 거라 생각해봅니다. 이 편지를 읽는 당신에게도 식물이 전하는 위안이 전해지길 바랍니다.

2021년 초여름 순천에서
이소영 드림

당신에게도 제 눈앞의 들꽃들이 보일까요?
아주 작고 흔하며 긴 시간 척박한 환경에서 살아내기 위해
강인한 생명력을 얻어낸, 매 계절에 피어나는 들꽃이요.

나도 한때는 언니들
참 좋아하는 사람이었습니다

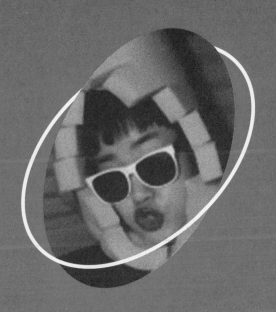

이반지하/김소윤

2004년부터 페미니즘과 퀴어에 대한 진지한 농담을 소재로 한 자작곡을 기반으로 활동해온 퀴어 퍼포먼스 아티스트 '이반지하'이자, 경계를 넘나드는 삶의 순간들을 회화·사운드아트·영상 등 다양한 미디어를 통해 표현해온 현대미술가 '김소윤'. 에세이스트, 시트콤 작가, 재담꾼(유머리스트), 유튜버로도 활동하며 다양한 분야에서 활약 중이다. 「이웃집 퀴어 이반지하」를 썼다.

믿어주십쇼. 나도 한때는 언니들 참 좋아하는 사람이었습니다. 누군가를 언니로 부르는 것도 좋아했고, 그것에 망설임도 없었습니다. 하지만 어느 순간부터 내 머릿속 언니는 모두 게이가 되었다는 것을 깨닫습니다. 내가 힘들 때 안아주는 언니, 좋은 수액을 추천해주는 언니, 술 먹고 개가 되는 언니, 하나같이 게이 언니들입니다. 생각해보니 게이가 아닌 누군가에게 언니라고 부른 지도 오래되었다는 생각이 드네요.

얼마 전 내가 운동하는 체육관에서 어떤 분이 갑자기 나이를 묻고는 언니라 불러도 되느냐 물었는데, 나이 어쩌구도 언니라는 말도 너무 낯간지러워서 제발 그냥 누구씨로 불러달라 부탁했습니다. 나에게 '언니'는 이제 본래의 뜻과는 너무 다른 의미들로 버무려져서 더이상 온전히 건네낼 수 없을 것 같습니다. 누가 만약 그런 일을 해야 한다고 한다면, 꼭 내가 아닌 남이 해주기 바랍니다.

그럼 이제 나의 언니였던, 존경하거나 흠모했던 과거의 당신들을 지금의 나는 무엇으로 부를 수 있을까요? 나는 그것이 [형님]밖에 없다고 생각합니다.

*

내가 이러는 데는 이유가 없지 않습니다. 위대한 당신들을 언니라고 부르는 순간, 당신들이 여자가 되어버리는 게 나는 너무 싫습니다. 그리고 당신들을 부르는 나 역시도 너무 높은 확률로 여자가 되어야 하는 것이 적잖이 부대낍니다. 적어도 [형님] 정도는 붙여줘야 당신들의 격에도 맞고 내게도 적당히 균형이 맞춰지는 느낌이 드는 건, 내 성 관념이 대단히 비뚤어져서가 아니라 세상이 너무 언니를 여자로 만들었던 탓이라고 생각합니다. 나는 살면서 내가 언어를 이길 수 있을까 많이 생각해봤고 도발도 해봤지만, 경험적으로

별로 좋은 성과를 얻지 못했습니다. 그래서 어느 순간부터 언니는 게이들한테 주고, 나는 성님들이나 떠받들고 살려 하게 된 것입니다.

주디스 버틀러Judith Butler 형님, 당신도 한국에서 났다면 글쎄요. '주버들' 언니 정도로 불리지 않았을까요? 하지만 구글 검색 결과에 나오는 당신의 단호한 입매와 숏컷, 정통 발라드 가수의 그것과 같이 대각선으로 이마를 가르는 앞머리를 보면, 내 입에서는 '아이고 형님' 소리가 절로 나옵니다. 이것은 당신이 말 그대로 너무 형님이어서이기도 하고, 옛 여자들이 자기들의 위계 안에서 윗사람을 친근하게 '형님, 형님' 하며 부를 때의 그것과도 대충 연결한 것이라 볼 수 있습니다.

나는 당신이 감히 『젠더 트러블』(문학동네 2008) 같은 걸로 성공했다는 부분이 좋습니다. 당신의 이론을 몸소 수행하고 있는 듯한 당신의 외모도 좋아합니다. 그래요, 당신이 아닌 누가 '젠더 트러블'을 할 수 있었겠어요? 나는 나에게 주어진 언어를 참지 못해서 이미지가, 음악이, 예술이 필요했던 사람입니다. 그래서 내가 당신이 쓴 글들을 완독하거나 당신의 모든 연구를 분석할 일은 앞으로도 없을 것으로 예상됩니다. 나는 누군가가 정성껏 잘게 씹어 뱉어주는 부드러운 유동식 버전의 당신 이론들로도 충분히 나의 지적 허영을 채울 수 있습니다.

많은 사람들이 인용하여 알게 된 당신 이야기의 골자는, 내가 내 몸에 갇힐 수밖에 없을지라도 갇히지는 않아도 된다는 것이라고 이해하고 있습니다. 그것만으로도 나는 당신이 무슨 얘기를 시작했고 그 얘기가 누구의 목소리를 들리게 했는지 알 수 있었습니다.

나도 이 사회와 시대에서 남들처럼 평범하고 보편적인 억지 속에서 여자로 키워졌습니다. 그리고 딱 남들만큼 나도 내가 여자인 것이 정말 싫었습니다. 초등학교 시절에 여자를 향한 욕만큼 치명타를 입힐 수 있는 남자용 욕이 없어서 영원히 그들과의 개싸움에서 이길 수 없을 거란 생각에 완전히 좌절했던 것을 기억합니다. 왜 어느 시기부터 남자애들이 무리 지어 '아이스께끼'를 하고 다니는지 이해가 안 되어서,

내 팬티 색을 알면 왜 좋은 건지 여러번 되묻고 다니기도 했습니다. 생리를 시작했을 때는 세상이 이제 나를 완전히 무릎 꿇리려 한다는 생각에 깊이깊이 절망했습니다. 내가 디디려고 하는 걸음걸음마다 내 몸이 나를 잡고 놔주지 않는 것 같은 기분을 느끼곤 했습니다. 무엇이 되고팠다기보다 그냥 '여자'이고 싶지 않았습니다. 여자도 괜찮다, 여자도 할 수 있다 정도의 위로는 성에 차지 않았습니다. 그런 말에 기운을 얻었던 적이 없었던 것은 아닙니다. 하지만 나는 근본적으로 세상이 말하는 '여자'와 화해하고 타협할 생각이 들지 않았습니다. 나는 정말로 큰 숨막힘을 느꼈습니다. 내가 여자로 태어나졌고 여자로 취급받았고 그래서 그 경험이 아닌 나를 구성할 수 없다지만, 나는 그것만으로 살아지지가 않았습니다. 나는 '여자'를 외치면서도, 내가 '여자'인 걸 싫어하고, '여자'를 잃지 못하면서, 동시에 '여자'가 되는 길을 다 망치고 싶습니다. 그리고 그게 전부, 굉장히 괜찮은 사람인 '나'라는 인간입니다.

이 모든 반문과 통합, 현재적 결론에 있어 나와 나 같은 사람들은 주디 형님에게 어느 정도 신세를 져왔다고 생각합니다. 그래서 나는 우선 이 빚에 대해서 이야기하고 싶어졌습니다. 편지를 쓰려고 하면 평생 써도 모자랄 만큼 긴 형님 리스트가 있겠습니다만, 우선 만리타국에 있는 당신한테 먼저 써야 첫 단추가 끼워진 느낌이 들 것 같았달까요.

주디 형님, 물론 당신을 이 지면에 끌어온 것은 좀 멀찍이 있는 사람을 끌어와서 안전하게 글을 쓰려 했던 나의 안일함과도 맞닿아 있습니다. 당신의 이름과 '형님'이란 호칭이 만났을 때의 불협과 선정성이 유혹적이었던 것도 사실입니다. 나는 그런 부조화가 만드는 문제적 상황을 활자로, 그림으로 보는 것이 즐겁습니다.

사실 이미 사망했거나 SNS 등의 각종 매체에 전혀 노출되지 않은 채 대중에게 보이고 싶은 모습만 보일 수 있는 사람이 아닌 다음에야 오롯이 찬양하거나 존경하기가 쉽지 않은 요즘입니다. 트러블 형님도 이 긴 수명 속에 구설수가 없진 않으실 겁니다. 인터넷 덕분에 이역만리에서 털린 형님의 먼지까지 생생하게 볼 수 있다는 게 조금 슬퍼지기도 합니다. 멀리 있으면 완전히 우러러볼 수 있지 않을까 싶었는데 그렇지 않다는 걸 배웁니다. 예전에는 양나라 퀴어면 덮어놓고 괜찮아 보이던 시절도 분명 있었습니다. 하지만, 그래요, 말끔하게 좋은 시절은 애저녁에 끝나버렸습니다.

*

이제 와 얘긴데 사실 나는 형님을 그렇게 막 좋아하지도 않습니다. 왜냐하면 좋아하거나 싫어할 만큼 친하지도 않기 때문입니다. 하지만 젠더 트러블 형님인 것 하나로, 일단은 많이 먹어주고 들어가신 상황이라 보시면 될 것 같습니다. 어쨌든 언어를 쥐여준 사람을, 그것이 비록 식민지인으로서 번역과 해석을 거쳐야 하는 난해한 제국의 언어라 할지라도, 어찌 미워할 수 있겠습니까. 이 문제에 있어 미워할 여유 같은 게 나한테 애초에 가당키나 할까요. 질문 아니니까 대답하지 말아주세요.

그래서 형님, 저는 이 편지를 끝으로 주형에 대해서는 정리하려고 합니다. 형님에 대한 존경은 충분히 표했으니, 이제 내 주변의 평범한 어중이떠중이들이나 부둥부둥하며 살려고 합니다. 형님은 형님대로, 나는 나대로 그렇게 살면 될 것 같습니다. 그리고 또 이 편지를 쓰면서 생각해보니까, 누구를 부르고 자시고 할 것 없이, 그냥 내가 언니고 형님이고 다 해 먹어도 되겠다 싶어졌습니다. 내 허물은 남의 것보다 작아 보이는 법이니까, 나는 내가 그럴 수 있을 것 같다는 환영에 사로잡히려고 합니다. 결국 다들 그렇게 사는 거 아닐까 싶네요. 앞으로도 그저 각자의 자리에서 주어진 트러블대로 살아가도록 합시다.

이만 줄일게! 안녕!

귀염둥이 이반지하/김소윤 씀

나는 '여자'를 외치면서도, 내가 '여자'인 걸 싫어하고,

'여자'를 잃지 못하면서,

동시에 '여자'가 되는 길을 다 망치고 싶습니다.

고통은 이야기가 되기를
기다리고 있습니다

하미나

✦

논픽션 작가. 여성, 과학, 페미니즘, 우울증 등을 주제로 『한국일보』 『한겨레21』 『시사IN』 등에 글을 써왔다. 책 『미쳐있고 괴상하며 오만하고 똑똑한 여자들』 『걸어간다, 우리가 멈추고 싶을 때까지』(공저)를 썼다. 하마글방의 글방지기. 매일 읽고 쓴다.

다라가야 시스트라 스베타,

친애하는 스베타 언니에게

1948년 태어난 벨라루스의 작가 스베틀라나 알렉시예비치에게 1991년 태어난 한국의 작가 하미나가 편지를 씁니다.

좀더 친근하게 부르고 싶습니다. 러시아문학 속 등장인물들에게는 늘 애칭이 있습니다. 『죄와 벌』에서 로지온 로마노비치 라스콜니코프는 '로쟈'로, 소피아 세묘노브나 마르멜라도바는 '소냐'로 불립니다. 러시아어를 전공한 친구에게 물어보니 스베틀라나는 '스베타' 혹은 '라나'가 애칭이라 말하더군요. 친애하는 스베타 언니에게,라고 말하려면 '다라가야 시스트라 스베타'라고 말하면 된대요. 어감이 '분신사바 분신사바' 같아서 좋습니다. 스베타 언니를 제 곁에 소환한다고 생각하고 쓰겠습니다.

나는 무슨 글을 쓸 수 있을까 고민하던 시절이 있었습니다.

혼자서 글을 쓰던 시절 저는 자주 여자들 이야기를 썼습니다. 특히 제가 자라면서 만난 여자들 이야기를요. 저희 엄마는 화투 치는 것을 좋아하고 시장에서 오래 장사를 했어요. 덕분에 저는 화투판과 시장 바닥의 여자들 사이에서 자라게 되었지요. 그곳의 여자들은 입이 거칠고 말이 자유로웠어요. 글보다는 말의 세계였지요.

대학에 들어가니 딴판이었어요. 제 인생 최초로 '지식인'이라고 부를 만한 사람들을 만나게 되었죠. 한동안은 사랑에 빠져 지냈어요. 그렇게 장서가 많은 도서관은 처음 봤거든요.

대학에 들어가고 서울 물을 먹자 시장의 이모들은 저를 낯설어하기 시작했어요. 제가 시장에 전만큼 자주 오지 않자 언젠가는 이렇게 물었습니다.

"너는 이제 네가 여기와 안 어울린다고 생각하지?"

엄마도 제게 거리감을 느끼는 것 같았어요. 언젠가는 술에 취해 이렇게 소리치셨어요.

"내가 왜 네 앞에서 주눅이 들어야 해!"

엄마와 이모들은 제가 멀어졌다고 생각할 수 있겠지요. 하지만 제 내면의 가장 중요한 지점들은 죄다 시장 바닥에서 만들어졌다고 느낍니다. 화투판의 여자들이 화투 패를 내리치며 신나서 엉덩이를 들썩이는 장면들과 함께요. '아싸 쓰리고!' 하면서요.

*

저는 스베타 언니를 만난 적이 있습니다. 2017년 5월 22일이었으니까 딱 4년 전입니다. 학교에서 '전쟁, 평화, 그리고 인간'을 주제로 연 행사였습니다. 언니는 행사 시작부터 피곤해 보였어요. 강연 형태로 구성될 줄 알았는데 처음부터 끝까지 질문과 답으로 이루어진 행사였지요. 언니는 이렇게 말하며 시작했어요.

"저는 듣는 것을 좋아합니다. 대체로 늘 피곤하기 때문이지요. 아까 예술은 세상을 바꾸었는지 물었는데요. 글쎄요. 역사상 가장 위대한 책이라고 할 수 있는 성경은 세상을 바꾸었나요? 선한 목적을 가지는 것이 중요합니다. 그리고 개미처럼 천천히 조금씩 바꾸는 것이지요."

예술은 세상을 바꿀 수 없다,고 말하며 시작하는 게 좋았습니다. 선한 목적을 가지고 개미처럼 조금씩 천천히. 이 말은 요즘도 제가 절망할 때마다 속으로 되뇌는 말입니다. 그렇죠. 세상은 그렇게 빠르게 바뀌지 않지요.

또 이렇게도 말했어요.

"목소리들이 늘 저를 감싸고 있었습니다. 시골에서 자라서요. 제가 들었던 목소리들은 읽었던 그 어떤 책보다도 강렬했습니다."

책 『전쟁은 여자의 얼굴을 하지 않았다』에서는 이렇게 쓰기도 했습니다.

확신컨대, 간호사나 요리사, 세탁부 같은 평범한 사람들은 자신의 행동을 꾸미지 않는다… 더 정확히 말해

이들은 신문이나 책 따위에서 이야기를 끌어오지 않는다. 타인으로부터 영향을 받은 이야기가 아니라 바로 자기 자신의 삶에서 뽑아낸 진짜 고통과 아픔을 들려준다. 많이 배운 사람들의 감정과 언어는, 그다지 이상한 일도 아니지만, 시간에 의해 다듬어지기 쉽다.✦

언니의 말들은 제가 제 안에 있는 것을 긍정하고 소중하게 생각하게 해주었어요. 때로는 내가 무엇을 쓸지 결정할 수 없다고 느낍니다. 그냥 주어진 것을 쓰는 것 같아요.

사람들은 언니의 글을 '목소리 문학'이라고 부릅니다. 새로운 장르를 만들었다고 이야기해요. 다년간 수백명의 사람들을 인터뷰해 모은 이야기를 질문과 대답이 아닌 형식으로 쓰고, 마치 문학처럼 읽힌다고들 하지요. 언니의 글은 애매한 장르 사이에서 배회하는 제게 좋은 가이드가 되어주었습니다.

✦ 스베틀라나 알렉시예비치 『전쟁은 여자의 얼굴을 하지 않았다』 문학동네 2015, 19면.

언니 역시 기자였지요. 저도 기자로 첫 사회생활을 시작했습니다. 인터뷰를 좋아했어요. 저에게 발언권이 없다는 것이 좋았습니다. 제 자의식이 글을 침범하지 않고 오로지 타인을 주인공으로 만들어야만 한다는 것이 좋았습니다. 더 귀기울이고, 덜 판단하는 법을 배웠어요. 허구의 세계를 쓰기에는 아직 쓰이지 못한 현실의 세계가 너무 넓다고 느꼈어요. 특히 말과 글로 자신을 표현하지 못하거나 하지 않는 사람들의 이야기를 담고 싶었습니다. 우리 사이에는 40년의 세월이 흐르고 벨라루스와 한국은 7천 킬로미터 떨어져 있지만 그럼에도 언니의 바통을 제가 이어받는 느낌을 받습니다. 우리 두 사람이 바통을 들고 뛰어가는 폼은 조금 다르겠지만요.

언니의 글을 처음 읽었던 건 고시텔에 살 때였어요. 고시텔은 고시원과 오피스텔의 합성어로, 고시원보다는 넓으나 여전히 닭장 같은 집입니다. 한국의 가난한 청년들은 이런 곳에 살아요. 대낮에도 어둡던 그 방에서 침대 위에 누워 언니의 책 『전쟁은 여자의 얼굴을 하지 않았다』를 읽었습니다.

읽다가 여러번 멈추었어요. 고통이 너무도 생생히 전해져 읽기가 버거웠거든요. 당시는 언니 책을 읽기 전에도 이상하리만치 전쟁 꿈을 자주 꾸던 시기였어요. 전쟁을 겪어본 적 없는 세대인데도요.

언니의 책을 읽다가 잠들어 꿈을 꾸었어요. 꿈에서 나는 무공을 세울 만반의 준비가 되어 있었지만 치수 32의 신발 대신 42의 신발을 신을 준비는 되어 있지 않은 러시아 소녀 병사였지요. 스탈린그라드는 서울보다 스무배는 더 추웠어요. 러시아인과 독일인의 피가 한데 섞여 땅을 물들여놓았지요.

나는 그곳에서 위생병을 돕는 임무를 맡았어요. 어느 날은 전투가 막 끝난 곳에 도착했는데 사방에 시체가 널려 있었어요. 혹시나 살아 있을 누군가를 찾아 그곳을 헤맸어요. 어디선가 신음소리가 들렸어요. 저는 언니 책에 나온 소녀들처럼 그를 들쳐 업고 달렸어요. 한쪽 팔이 사라진 그 남자의 어깨에서 걸을 때마다 피가 쏟아졌고 소매를 걷어올린 내 군복을 적셨어요. 피는 빠르게 얼었어요.

저는 자주 혼이 났습니다. 서러움이 북받쳐올랐고 무서웠어요. 양 볼에 눈물 자국이 얼어 볼이 따가웠어요. 날이 저물고 나는 천막 구석에 쪼그려 앉아 잠을 자려고 했지요. 어디에도 내 자리가 없는 것 같았어요. 날카롭게 얼어붙은 옷들이 내 살을 벳어요. 잠이 쏟아졌지만 추위에 달달 떠느라 자다 깨다를 반복했지요.

밤늦게 무언가 부스럭거리는 소리에 깨서 두리번거리니 천막 틈새로 하얀 것이 보였어요. 염소였어요. 이토록 추운 곳에 저렇게 따끈한 것이 있다니. 염소가 따라오라는 듯 저를 안내했습니다. 염소를 따라 밤길을 걷다보니 숲 입구였지요. 하늘에는 별들이 무수히 반짝였어요. 어울리지 않는다고 생각했지요.

염소를 따라 들어간 숲에서 한참을 헤매다 빠져나오니 눈앞은 사막이었어요. 군화를 벗고 사막의 부드러운 모래를 밟았어요. 상처투성이의 얼어붙은 발이 뜨끈하게 녹는 것이 느껴졌어요. 돌아보니 염소는 어느새 사라지고 하얗고 커다란 말 한마리가 있었어요. 가까이 가니 말은 제 눈을 바라보며 무릎을 꿇었어요. 나는 말 등에 올라타 사막 가장 높은 곳으로 올라갔어요. 내 몸은 언니들만큼 자라 있었어요. 군복도 더이상 크지 않았고 저는 더이상 어린 소녀가 아니었지요. 사막 꼭대기에서는 전장의 모든 것이 다 보였어요.

나는 내 마음대로 하기로 마음먹었어요. 말과 함께 달리며 곳곳에 비를 뿌렸어요. 말과 지나간 길마다 무지개가 폈어요. 스탈린그라드의 얼어붙은 땅이 녹고 피가 씻겼어요. 사막에 푸른 새순이 돋았어요. 서로를 겨누던 총에서는 팡! 꽃이 농담처럼 튀어나왔어요. 러시아군과 독일군이 일어나 끌어안고 키스했어요. 밀밭에 누워 있던 팔다리를 잃은 군인들이 일어나 춤을 추었습니다.

*

깨고 나니 저는 여전히 고시텔 방 안이었어요. 허무한 마음에 울었던 기억이 납니다. 뺨이 차가웠어요. 제가 전쟁 꿈을 꾸었다는 게 창피해졌습니다. 언니 책에 등장하는 인물

고통은 이야기가 되기를 기다리고 있습니다

들이 겪은 비극에 비하면 제가 겪은 비극은 너무도 사소하게 느껴졌거든요. 내가 감히 전쟁 꿈을? 이것은 제가 저의 고통을 생각할 때 흔히 하는 생각입니다.

언니는 고통이라는 것은 정보의 한 형태라고 했지요. 자신의 고통뿐 아니라 인간이란 무엇인지를 보여주는 정보라고요. 저는 언니의 바통을 이어받았지만, 동시에 언니는 보지 못했던 것을 보고 기록하기 위해 애씁니다. 언니는 전쟁, 원자력 사고 등 거대하고 역사적인 비극을 겪은 평범한 사람들의 이야기를 써왔지요. 요즘 저는 친밀하고 일상적인 비극을 겪은 평범한 사람들의 이야기를 쓰고 있습니다.

제가 만나는 여자들은 자신을 사랑한다고 말하던 사람들에게서 폭력을 겪은 사람들입니다. 아버지, 어머니, 애인, 친구들로부터 받은 폭력과 상처이지요. 언니의 책에서는 전쟁과 같은 재난의 순간에도 따뜻함과 인간됨을 잃지 않는 사람들이 나옵니다. 제가 만나는 여성들과의 대화에서는 따뜻하고 인간적일 것이라고 기대되는 관계에서 벌어지는 잔혹들을 봅니다. 이들에게는 일상이 재난입니다. 그것도 고립되어 있고 누구에게도 인정받지 못하는 재난이지요.

무엇이 인간의 고통을 심화할까요? 저는 재난 그 자체보다도 그것을 말하지 못하게 만드는 상황들, 믿어주지 않는 사람들, 감정을 느끼지 못하고 부정하게 만드는 조건들이 고통을 심화한다고 생각합니다. 오랫동안 나의 고통을 인정받지 못하다보면 당사자조차 스스로의 고통을 의심하게 됩니다. 하지만 고통의 흔적은 그대로 남아 있습니다. 고통은 이야기가 되기를 기다리고 있습니다.

하지만 왜? 나는 여러번 자신에게 물었다. 절대적인 남자들의 세계에서 당당히 자신의 자리를 차지해놓고 왜 여자들은 자신의 역사를 끝까지 지켜내지 못했을까? 자신들의 언어와 감정들을 지키지 못했을까? 여자들은 자신을 알지 못했다. 하나의 또다른 세상이 통째로 자취를 감춰버렸다.✦

✦ 스베틀라나 알렉시예비치 『전쟁은 여자의 얼굴을 하지 않았다』 문학동네 2015, 18면.

제가 발견한 고통의 진실을 전달하기 위해서 저는 당신의 이 문장에 매달립니다. 우리의 역사를 지키기 위해서입니다. 엄살 좀 부리지 말라고, 너희처럼 편하게 자란 세대가 어디 있느냐고, 너희가 가난을, 전쟁을, 민주화운동을 아느냐고 묻는 사람들로부터 지키기 위해서입니다. 새롭게 쓰일 고통의 기록에 첫번째 옹호자가 되기 위해서입니다.

*

제가 고시텔에 초대한 유일한 손님은 염소였어요. 우리는 당시 똑같이 성폭력 재판을 진행하고 있었지요. 저는 대학 내 성폭력을 저지른 교수를 상대로, 염소는 약물을 이용해 성폭력을 저지른 낯선 이를 대상으로요. 우리는 어릴 때 이야기를 참 많이 했어요. 염소는 초등학생 때부터 거리에서 자란 사람이에요. 염소는 제 고시텔이 싫다고 했는데 자기 어릴 때가 생각나서 그렇다고 했습니다. 염소는 도서관을

갈 때마다 책을 한권씩 훔쳐서 침대 밑에 숨긴 이야기를 침대에 앉아서 들려주었어요. 그렇게 한권, 두권 쌓인 책더미가 침대 밖으로 삐져나올 때쯤 염소 집에 방문한 사회복지사 선생님께 들킨 것이죠. 훔친 책은 다시 도서관에 가져다두었대요. 이 이야기를 하면서 우리는 울다가 웃다가 했어요.

외로울 때 책으로 도망친 사람이 저뿐만은 아니었겠죠? 스베타 언니가 비좁은 방에 홀로 누워 있던 제게 도착했듯, 언젠가 제 글도 외로운 누군가에게 도착했으면 좋겠습니다. 기꺼이 편이 되어주겠다고 말하겠어요.

오늘은 덜 피곤하시길 바라겠습니다.

고맙습니다.

2021년 초여름 서울 은평구에서

하미나 씀

선한 목적을 가지고 개미처럼 조금씩 천천히.

이 말은 요즘도 제가 절망할 때마다 속으로 되뇌는 말입니다.

그렇죠. 세상은 그렇게 빠르게 바뀌지 않지요.

우리는 나쁜 일에
사로잡힐 시간이 없어요

김소영

어린이책 편집자로 일했다. 지금은 독서교실에서 어린이들과 책을 읽고 있다. 『말하기 독서법』 『어린이책 읽는 법』 『어린이라는 세계』를 썼다.

엘라 레프만 언니에게

언니, 안녕하세요? 저는 김소영이라고 합니다.

먼저 제가 웬만해서는 누구 앞에서 떠는 사람이 아니라는 걸 분명히 말씀드리고 싶습니다. 제가 긴장한 것처럼 보인다면 너무 뻔뻔해 보이지 않으려는 연기일 때가 많아요. 그런 제가 이렇게 긴장한 이유는 언니가 편지를 너무 잘 쓰는 분이기 때문이에요. 편지로 도서관을 지었을 정도니까요. 허술하게 쓰인 편지는 끝까지 읽지도 않으실 것 같아요. 그러실 경우를 대비해서 빨리 고백부터 하겠습니다. 선배님! 이렇게 부르는 걸 허락해주세요. 저는 정말 선배님을 존경합니다. 선배님이 쓴 『어린이 책의 다리』(나미북스 2015)에는 거의 모든 페이지에 밑줄을 그었습니다. 여백에 메모도 빼곡하고요, 하트도 막 그렸어요. 이 편지에 쓰인 모든 문장, 단어, 글자 하나하나 저의 진심이라는 것을 알아주세요(너무 바쁘

시면 여기까지만 읽으셔도 됩니다).

저는 언니를 몰랐을 때도 언니가 설립한 '국제어린이도서관'이나 '국제아동청소년도서협의회'IBBY를 알고 있었어요. 언니가 제정한 '한스 크리스티안 안데르센상'도요. 초보 편집자 시절 출판사 도서목록을 만들 때, 안데르센상 수상 작가의 책들에는 표기를 빠뜨리면 안 된다고 선배들이 신신당부했거든요. 그만큼 중요한 상이라고요. 저는 혹시 실수할까봐 역대 수상 작가 명단을 책상 앞에 붙여놓고 일했어요. 그렇게 작가들의 이름을 익히는 것도 하나의 업무 훈련이 되었지요. 단지 어린이책이 좋아서 출판사에 입사한 저로서는 '이 업계에 이렇게 중요한 기관이 있구나. 어린이책들이 세계적으로 연결되어 있구나' 하는 점이 새롭기도 하고 든든하기도 했어요.

그런데 그런 조직을 누가 언제 왜 만들었는지는 한번도 생각해보지 않았어요. 만일 누가 물어보았다면 "글쎄, 어린이책 작가나 연구자들이 지원금 받고 만들었겠지, 뭐" 하고 대답했을 거예요. 결정적인 역할을 한 '한 사람'이 있다는 걸 알았다면 어땠을까요? 부끄러운 일이지만, 아마 남성을 떠올렸을 것 같아요. 왠지 '국제' 무슨 기구라고 하면 나이 많은 남성들이 커다란 회의 테이블에 듬성듬성 앉아 있는 풍경이 떠오르거든요. 실무진은 대부분 여성인데 관리자는 남성이 맡는 경우를 너무 많이 보았기 때문이기도 하고요.

그런데 그 '한 사람'이 언니인 것, 언니가 유대인으로서 독일에서 정치인으로 활동하다가 나치를 피해 런던으로 갔다는 것, 제2차 세계대전이 끝난 뒤 미군의 요청을 받아 '여성 아동 문제 고문관'으로서 독일로 돌아간 것, 그곳에서 주요 도시를 돌며 어린이책 전시회를 열었다는 것을 알았을 때는 모든 게 선명해졌어요. 독일 어린이들에게서 나치의 그림자를 지우는 것은 시급한 일이었겠지요. 눈에 보이는 건 온통 폐허뿐인데, 평화가 도착했다는 사실을 어린이가 어떻게 믿을 수 있을까요? 정신적인 것이 필요했을 거예요. 가장 적합한 전령은 어린이책이지요. 이런 통찰이 여성에게서 나왔다는 사실도 어쩌면 당연하다 싶더라고요.

*

『어린이 책의 다리』의 첫 장면부터 저는 언니가 좋아졌어요. 제복을 입은 여성 자체를 불편해하는 남자 대령이 "다시 태어난다면 남자로 태어나고 싶소, 여자로 태어나고 싶소?" 하고 불쾌한 질문을 던졌을 때 언니는 침착하게 "둘 다 아닙니다. 저는 박새나 해바라기, 뭐 이런 것이 되고 싶어요" 라고 받아쳤잖아요. 반할 수밖에요. 언니는 대담하고 창의적이고 무엇보다 박력 있는 분이에요. 여성과 어린이 문제에 대해 제대로 생각해본 적이 없을 군 관료들 앞에서 언니는 "여성과 어린이를 하나로 묶어서 보면 각각의 문제를 제대로 파악할 수 없다"라고 정확하게 지적했어요. "어린이들로부터 시작해 뒤죽박죽인 이 세계를 바로잡을 수 있게" 해야 한다고 사업의 방향을 제시했고요.

이렇게 멋진 선배가 있다는 걸 왜 이제야 알았을까. 그동안 어린이책 작가들의 회고록을 읽으며 감동받기도 하고, 좋은 동화란 무엇인가 고민도 해보았지요. 그렇지만 이렇게 책 주변에서 책과 어린이를, 어린이와 어린이를 연결하는 사람의 이야기를 읽는 건 새삼 달랐어요. "이거 봐, 내 말이 맞지? 언니도 그렇다잖아!" 하고 외치고 싶은 심정이었다고요.

예나 지금이나 어린이를 둘러싼 일이라면 추상적으로 생각하는 사람들이 많아요. '어린이는 나라의 미래' 하는 식이죠. 어린이의 일은 가정이나 학교에 떠맡기기도 해요. 그래서 정치·사회·문화 등 여러 영역에서 어린이 문제는 다급하게 여겨지지 않죠. 어린이는 1초도 쉬지 않고 어른이 되어가는데, 왜 그렇게들 느긋한지 모르겠어요.

언니는 '나치 부모들에게서 어떻게 좋은 아이들이 나올 수 있느냐'는 질문에 "모든 아이가 새롭게 삶을 시작한답니다"라고 대답했어요. 맞아요. 모든 어린이는 새것이고 하나뿐인 자기 삶을 가지고 있어요. 그것을 함부로 하고 싶어하는 어린이는 아무도 없어요. 각자 처지가 달라 잘 다루지 못할 뿐이지요. 그래서 환경을 넘어서게 하는 무언가가, 공공의 역할이 필요해요. 어른들도 그래서 정치를 하고 사회담론을 만들고 문화를 공유하잖아요! 갑자기 화가 나네요. 제 말

우리는 나쁜 일에 사로잡힐 시간이 없어요

은, 이런 생각을 구체적인 기관으로, 조직으로 만들어낸 언
니가 있어 다행이라는 뜻이에요.

*

그런데 언니, 여기에는 진심만 쓰기로 했으니까 이 얘기
도 해야 해요. 제가 언니의 이야기를 마냥 기쁘게 읽을 수만
은 없었다는 것 말이에요.

물론 많은 장면에서 웃었고 감동받았고 영감을 얻었어
요. 특히 각국 어린이들이 보낸 그림으로 전시회를 한 부분
은 좋아서 몇번이나 읽었어요. 미국 어린이들은 색을 다채롭
게 써서 크게 그린 작품을, 프랑스 어린이들은 세련미와 재
치를 담은 그림을, 스위스 어린이들은 파스텔로 그린 평온한
풍경화를 보내왔다면서요? 눈앞에 그 전시회가 훤히 펼쳐
졌어요. 그런데 제 마음 한구석에는 작은 그늘이 생겼어요.
1949년 국제어린이도서관 개관 행사에서 각국 어린이들이
자신들의 말로 쓰인 작품을, 그러니까 스웨덴 어린이는 『닐

스의 신기한 모험』을, 이탈리아 어린이는 『피노키오』를, 독일 어린이는 『에밀과 탐정들』을 큰 소리로 읽었다는 대목에서는 책을 통한 연대에 가슴이 벅차올랐어요. 그런데 가슴이 꽉 차지는 않고 조금 비어 있었어요.

그리고 1950년, 언니가 '어린이 국제연합' 즉 어린이 유엔을 꾸리는 장면에서는 결국 참지 못하고 책장에 이런 메모를 남겼어요.

"1950년. 몽실이."

몽실이는 권정생 작가의 1984년 작품 『몽실 언니』(개정판. 창비 2012)의 주인공이에요. 여자 어린이이고, 1950년에 일어난 한국전쟁을 겪었어요. 이야기 속에서 몽실이가 겪은 일들은 한국의 한 세대에게 일어난 일들을 보여주어요. 보호자를 잃고, 돌봄노동을 떠맡고, 가난에 시달리고, 일상적인 폭력에 노출되어 있던 어린이들의 현실 말이에요. 현실에서 그들은 이제 노년이 되었고, 책 속에서 몽실이도 어른이 되었지만 제 마음속에서 몽실이는 언제나 어린이예요. 지금도 어딘가에 몽실이 같은 어린이가 있다는 걸 알기 때문에 더욱 잊을 수 없는 어린이예요.

언니 이야기를 읽다가 어느 순간부터 몽실이가 생각났어요. 서구 어린이들이 서로 도와 새롭게 시작할 때, 몽실이는 무엇을 하고 있었을까요. 그 아이들이 평화유지군이나 인종차별 문제를 토론할 때, 몽실이는 어디에 있었을까요. 여백에 몽실이 이름을 적고 나니 마저 읽기가 주저되더군요. 먼 남의 나라 이야기를 읽는 것만 같아서요.

그때 깜짝 놀랄 일이 일어났어요. 어린이 유엔 회의에서 '이제 어린이들이 무기를 들고 싸울 일은 없다'는 발언이 나왔을 때 한 소녀가 외쳤다고 언니는 썼죠.

"그 일은 다시 일어나고 있습니다. 그런 일은 한국에서 매일 일어나고 있습니다."

'한국전쟁 난민' 어린이의 목소리였어요. 그 외침에는 원망과 두려움이 배어 있었지만 반가움이 앞섰습니다. 어떤 어린이는 여전히 전쟁 한복판에 있다고 증언하는 듯했어요. 그 소녀가 몽실이인 것 같기도 했어요.

저는 정신이 번쩍 들었어요. 일을 해야 해. 내 몫의 일을 해야 해. 어린이와 책을 연결하는 일. 그 일을 잘하기 위해서 세상을 공부해야 해. 할 수 있는 일을 해야 해.

*

『어린이 책의 다리』에는 언니의 일생 중 12년만이 담겨 있지만 그것만으로도 언니가 얼마나 열정적인 삶을 살았는지 충분히 알 수 있어요. 진실만을 말하기 위해서 적어두자면 저는 정말 언니를 존경하지만 언니처럼 살 수는 없을 것 같아요. '새로운 희망으로 끊임없이 심장을 재충전하는' 삶이라니요. 언니, 저는 그렇게는 못해요. 제가 열정이나 추진력, 끈기 같은 게 유난히 부족하거든요.

대신 저는 마음을 자주 새것으로 바꾸겠습니다. 어린이 가까이 지내다보면 그리 어렵지 않은 일이지요. "(도서관에는) 착한 영혼들이 행진해 들어왔고, 그들과 함께 몇몇 좋지 않은 영혼들이 몰래 숨어 들어왔지만 우리는 그것에 신경 쓰지 않았다"라는 언니의 말도 기억할 거예요. 저는 그런 것을 잘해요. 절망이 덮쳐올 때 얼른 좋은 생각으로 덮어씌우는 것요. 사실 우리는 나쁜 일에 사로잡힐 시간이 없잖아요? 어린이들이 뒤에서 재촉하고 있으니까요.

언니가 만난 어린이들이 그랬듯이 오늘의 어린이도 미래로 갑니다. 저도 종종걸음으로 따라갈 거예요. 거기서 만나요, 언니. 그때는 제 이야기를 더 많이 들려드릴게요. 무척 떨릴 거예요. 만일 제가 긴장하지 않은 것처럼 보인다면, 글로 써서 외운 다음 연기하는 것이라고 생각하시면 됩니다. 아니, 제가 엉뚱한 소리를 쓰고 있네요. 더 이상한 고백을 해버리기 전에 이만 줄이겠습니다. 이제 떨리는 마음으로 편지를 보냅니다. 읽어주셔서 감사합니다.

깊은 존경과 사랑을 담아

김소영 드림

저는 그런 것을 잘해요.

절망이 덮쳐올 때 얼른 좋은 생각으로 덮어씌우는 것요.

사실 우리는 나쁜 일에 사로잡힐 시간이 없잖아요?

우린 이렇게
사랑하고 웃고 그러다가 죽겠지

니키 리

✦

거창, 서울, 뉴욕, 다시 서울에서 살고 있다. 예술가가 직업인데
요즘은 이런 글도 가끔 쓴다. 퇴폐적인 삶을 지향한다.

니키 언니에게

니키 언니, 안녕하세요. 저는 니키입니다.

놀라실 것 같아서 미리 말씀드리자면 저는 니키 언니의 어린 시절 열살 니키입니다. 제가 열살이지만 이렇게 성숙한 문체로 편지를 쓸 수 있는 건, 언니도 아시겠지만 저는 열살 때 이미 영화 「쉘부르의 우산」(1964) 마지막 장면을 보고 오열하며 인생의 허망함을 배우고 '마음대로 사랑하고 마음대로 떠나가신'으로 시작하는 「카츄사의 노래」를 노을 지는 옥상에서 목이 터져라 부르며 이런 엿 같은 사랑은 하면 안 되겠구나,를 온몸으로 깨우친 영특한 아이기 때문입니다. 기억나시죠?

언니는 지금 제주도에 계실 겁니다. 호사스러운 빌라에서 컴퓨터를 켜놓고 '언니에게 보내는 행운의 편지'에 무슨 글을 써야 하나 고민하시겠죠. 영감을 받겠다고 아침에 생태

공원도 거닐고 아라고나이트 온천수에 몸을 담가보기도 하실 겁니다. 근데 정말 웃기게도 뽀얗디뽀얀 아라고나이트 온천수 때문에 언니는 밀크소다 암바사를 떠올리게 됩니다. 그러다가 밀키스도 떠올리고 '사랑해요 밀키스!'를 외치던 주윤발도 생각하게 되죠. 고등학생 때 홍콩 영화를 보려고 시골에서 대구까지 버스를 타고 나갔던 생각도 하게 됩니다. 잠시 학교 뒷산 공동묘지도 떠올려요. 밤이면 공동묘지는 핫한 데이트 장소였죠. 멀리 반짝거리는 읍내 야경을 보면서 묘지 골 사이에 앉아 사랑을 속삭이다 걸린 커플도 많았습니다. 손전등으로 묘지 골 사이를 비추며 3학년 2반 이 아무개 거기 있는 거 다 안다며 소리치던 주임 선생님의 갈라진 목소리는 기억에서 지우셨을지도 모르겠네요.

그러다가 오밤중에 배가 아파서 간 응급실을 떠올리며 중학교 시절에 도달합니다. 응급실에서 언니는 자기를 죽여달라고 울부짖으며 형을 부축해 들어오는 동생을 보게 됩니다. 싸우다가 형의 팔을 낫으로 베어버린 동생의 절규와 거의 떨어져나가 대롱대는 형의 팔. 그 장면에서 언니는 삶의 깊고도 복잡한 아이러니를 깨우치게 됩니다. 무릎까지 오는 빨간 스웨이드 부츠를 신고 만화책 『유리가면』을 빌리러 자전거 페달을 열심히 밟던 초등학생 때까지 오게 되면 드디어 저를 만나게 됩니다. 빨간 스웨이드 부츠가 저예요. 니키 언니, 정말 보고 싶었어요. 한번도 보지 못한 사람을 그리워하고 보고 싶어하는 마음이 있네요.

언니는 온천을 끝내고 조금 이따가 새우 우동을 드시러 가실 텐데 그전에 제 얘기를 빨리 해드려야 할 것 같습니다. 왜냐하면 언니는 지금 제가 하는 이야기를 '언니에게 보내는 행운의 편지'에 쓰시게 될 거거든요. 너무 어릴 때라 사건은 기억하시겠지만 감정의 세세한 결은 잊어버리셨을 것 같아서 제가 도와드려야겠다는 생각을 했습니다. 그래서 이렇게 언니에게 편지를 써야겠다는 결심을 하게 된 겁니다.

자, 이제 언니가 쓰시게 될 얘기를 시작해보겠습니다.

*

우린 이렇게 사랑하고 웃고 그러다가 죽겠지

언니도 아시다시피 저희 외할아버지는 시골 읍내 유지셨어요. 1970년대의 흙먼지 날리는 깡촌에서 외제차를 끌고 다니셨죠. 커다란 기와집의 부엌은 언제나 요리를 하고 상을 차리는 아주머니들로 분주했어요.

외할아버지 생신 잔치는 동네에서 가장 큰 잔치였습니다. 갓을 쓴 유생들이 하얀 도포 자락을 펄럭이며 한옥으로 떼를 지어 들어왔어요. 조선시대 같은 풍경이 펼쳐졌습니다. 그들은 주로 툇마루에 앉아 단가短歌를 부르거나 시조를 읊었죠. 외갓집 대문 주변에는 동네 거지들이 모였고 부엌 아주머니들은 그들에게 음식을 나눠주었어요. 저음의 단가 소리를 들으며 음식을 먹는 거지들과 멀리 무리 지어 날아가는 새떼를 보면서 저는 생각했습니다. 인간이 그리 오래 살지는 못하겠구나.

자, 이제부터가 진짜 얘기네요.

할아버지 생신날에는 유생들과 더불어 마을 기생 언니들이 한복을 곱게 차려입고 외갓집으로 왔습니다. 그 당시 시골에는 여전히 한복을 입는 사람이 많았어요. 외할머니는 종종 저를 데리고 시장 한복집에 가셨죠. 고운 천으로 한복을 맞추고 저고리 옷고름 대신 커다란 브로치를 가슴에 다셨어요. 그러고는 시장 안 다방에 가서 쌍화차를 한잔 드시고 저에게는 계란 프라이와 설탕 탄 우유를 시켜주셨습니다.

할머니가 친구분들과 이야기하시는 동안 저는 시장 주변을 어슬렁거렸는데, 항상 기생집 앞에 멈춰 서서 안을 기웃거렸어요. 빼꼼 열린 나무 대문 안으로 예쁜 언니들이 마당을 왔다 갔다 하는 게 보였습니다. 기껏해야 이십대 초반의 언니들이었어요. 어린 마음에도 기생집이라는 건 알아서 기생이라는 존재에 대해 호기심이 일었어요. 무엇보다도 제 눈에는 화려한 색의 한복을 차려입고 고운 화장을 한 언니들이 너무나 멋지고 예뻐 보였습니다. 아마도 지금으로 치자면 연예인을 눈앞에서 보는 심정이었던 것 같아요. 대문 안으로 들어가고 싶었지만 그러지 못하고 주춤대다가 다시 돌아오곤 했습니다. 그런데 외할아버지 생신 잔치에 그 예쁜 언니들이 무리를 지어 들어오는 거예요. 반갑고도 놀라웠어요. 언니들에게 잘 보이고 싶었지만 수줍어서 그냥 멀리서 바라

우린 이렇게 사랑하고 웃고 그러다가 죽겠지

만 봤습니다.

잔치가 끝나자 유생들은 돌아가고 언니들은 한방에 모여 따로 식사를 마친 후 부채질로 더위를 쫓으며 수다를 떨었어요. 저도 슬쩍 들어가서 언니들 틈에 앉았는데 언니들이 저를 보고는 귀엽다고 무릎에 눕히더니 얼굴에 부채질을 해줬습니다. 아! 언니… 저는 가슴이 뛰었어요. 언니들의 웃음소리, 냄새, 머리카락을 만져주던 부드러운 손, 부채에서 불어오는 간지러운 바람. 이 모든 것이 아득하면서 좋았어요. 그 순간 나도 기생이 되고 싶다는 생각을 했습니다.

언니들은 집으로 돌아가기 전에 외갓집 근처 냇가에서 목욕을 하고 간다고 했어요.

저도 데리고 가달라고 졸랐습니다. 어두운 시골 골목길을 언니들 손을 잡고 걸었어요.

달빛에 반짝거리는 냇가에 다다르자 언니들은 한복 저고리와 치마를 벗고 하얀 속치마만 입은 채로 물속으로 들어갔습니다. 물에 동동 뜬 하얀 속치마는 달항아리같이 부풀었어요.

그 사이로 달빛은 빛났고 언니들은 까르르 웃었어요.

그때부터였어요. 인생의 한조각 아름다운 순간을 보면 애잔한 마음이 먼저 밀려오는 게.

우린 이렇게 사랑하고 웃고 그러다가 죽겠지. 헤어지겠지.

그후로 언니들을 다시 만날 일은 없었습니다. 외갓집은 한옥을 헐고 양옥을 지었고 할아버지 생신 때는 기생 언니들 대신 밴드가 와서 「돌아와요 부산항에」를 불렀으니까요. 그리고 언니는 고등학생이 됩니다. 황진이의 시조를 배우며 언니는 기억 저편에 묻혀 있던 유생들과 기생 언니들 생각을 하게 돼요. 유생들이 호흡을 끌며 끌며 저러다가 숨넘어가는 거 아니야, 하는 순간까지도 또 호흡을 끌어 올리며 읊던 '처엉사안리 벽계수야아…'가 황진이의 시조였다는 걸 알게 되죠. 이런 멋진 시를 지은 여성이 기생이었다는 것도 알게 되고 언니들을 떠올리며 기생이 되고 싶다 생각했던 어린 마음도 기억하게 됩니다. 그리고는 황진이같이 멋지게 살아야겠다는 결심을 마음에 새겨요. 하고 싶은 일을 하면서 멋진 남자들을 발밑에 거느리며 그들에게 묶이지 않고 마음껏 자유롭다가 존경할 만한 남자를 만나면 소중히 사랑해주고 예술을 아끼며 독립적으로 내 삶을 살아야겠다고.

*

니키 언니! 여기까지는 잘 써오셨습니다.

그런데 이제부터 언니는 조금 고민이 되기 시작합니다.

황진이와 기생 언니들의 삶에서 보고 싶은 부분만 보고 그녀들처럼 살아야겠다 결심했던 열일곱 나이보다 지금은 더 많은 것을 알고 있으니까요.

그녀들이 자신의 의지대로 그 직업을 택한 건 아니었을 거란 것, 그리고 보이지 않는 곳에 고충과 슬픔이 따랐을 거란 것도요.

하지만 언니는 생각합니다. 어떤 한쪽 면만 보고 받은 영향이라고 해도 그것이 언니 삶에 끼친 영향이 크다면 거기에 대해 솔직히 쓰는 것은 나쁘지 않다고.

기생 언니들과 황진이 덕분에 언니는 예술가가 되었고

매력적인 사람이 되려고 노력했으며 자유롭고 독립적인 연애를 할 수 있었고 남자를 진하게 사랑하고 언니의 것을 다 던져주고도 스스로의 인생을 함몰시키지 않았다고. 무엇보다도 언니의 삶을 언니 의지대로 살 수 있었고 앞으로도 그럴 거라고.

이 편지는 내일 언니가 가실 '제주돌박물관' 수석실 세번째 수석 밑에 숨겨둘게요. 언니는 우연히 제 편지를 발견하게 되실 겁니다. 언니가 제 편지를 읽는다는 생각만으로도 마음이 벅차고 신비롭네요. 우린 이렇게 일생에 단 한번 만나는 겁니다.

언니, 제 인생을 잘 살아주셔서 고맙습니다. 앞으로도 보고 싶고 그리울 겁니다.

니키 리 드림

* 추신. 이 편지를 읽는 사람들이 언니를 구한말 사람이나 한 백살은 먹은 사람처럼 볼 것 같아요. 너무 걱정 마세요. 저는 고작 열살인데도 백살 같아요.

인생의 한조각 아름다운 순간들을 보면
애잔한 마음이 먼저 밀려옵니다.
우린 이렇게 사랑하고 웃고 그러다가 죽겠지. 헤어지겠지.

어떤 말들은
버리기 위해 하고 싶어집니다

김정연

✦

만화가. 『혼자를 기르는 법』 『이세린 가이드』를 쓰고 그렸다.

언니. 모르는 사람으로부터 다짜고짜 언니로 불리는 편지를 받는 일은 미스터리가 아닐까요. 누가, 어떻게, 왜 미야베 미유키 선생님을 감히 언니라고 부르고 있는 걸까요. 언니를 무섭게 할 의도는 조금도 없으므로, 제 수줍음이 음침해 보이기 전에 신속히 이 편지의 경위를 밝힙니다. 이 편지는 '뒤를 졸졸 따르고 싶으면 언니'라는 간단한 미명 아래 쓰였어요. 물론 저는 사회파 미스터리의 명맥에 그 어떠한 것도 보탠 게 없는 블랙코미디 만화가지만, 그럼에도 저는 언니를, 제 픽션은 언니의 픽션을 닮을 수 있다면 좋겠다고 자주 생각합니다.

언니로부터 가장 닮고 싶지만 그만큼 가장 어려운 것이 뭔지 아시나요? 즐겁게 쓰기입니다. 언니는 언니 스스로 즐기지 않았다면 도무지 불가능해 보이는 양과 질의 글을 쓰시

어떤 말들은 버리기 위해 하고 싶어집니다

잖아요. 저는 제가 앞으로 읽을 책들이 건강하고 즐겁게 쓰는 작가로부터 나온 것들이기를 바라고 있으면서, 정작 저는 그 고민을 많이 해보지 못했어요. 내보낼 수 있는 결과물이 나올 때까지 숨을 꾹 참고 잠수하는 기분으로 책상에 앉아 버티는 것이 나의 일이구나, 그렇게 생각해왔던 거예요. 즐겁지 않은 나는 즐길 줄 아는 나를 절대 이기지 못할 텐데 말이에요. 현대물을 쓰시다가 마음이 무거워지면 기어를 바꾼다는 마음으로 시대물을 쓰신다니, 언니는 언니를 위해서도 작가구나,라는 생각이 들어 그 멋짐을 배우고 싶어요.

*

저는 침대에 누워 언니의 시대물을 읽는 것을 참 좋아해요. 많은 사람들이 그렇겠지만 저는 그중 『흑백』(북스피어 2012)에서부터 시작된 '미시마야 괴담 자리 시리즈'를 특히나 좋아합니다. 미시마야라는 이름의 주머니 가게 한편의 '흑백의 방'에 마련된 이 괴담 자리에는 '화자는 말하고 버린다. 청자는 듣고 버린다'라는 규칙이 있지요? 처음에는 이 '버린다'라는 규칙이 아리송하게 느껴지기도 했습니다. 어차 피 버릴 건데 사람들은 왜 흑백의 방까지 찾아와 자신들이 경험한 기이한 이야기를 풀어놓고 싶어하는 것일까 하고요.

언니는 SNS를 하지 않으신다는 인터뷰를 보기는 했지 만, 혹 인스타그램에도 '스토리'라는 이름의 '게시하고 휘발 되는' 자리가 있다는 것을 아시나요? 이 자리에 공유된 사진 은 하루가 지나면 자동으로 사라져버립니다. 이 기능이 생겼 을 당시에 저는 어차피 올려도 곧 날아갈 사진을 왜 올리는 것일까 하고 생각했습니다. 그렇게 생각한 주제에 저도 친구 들을 따라 스토리를 하나둘 올리게 되면서 이해하게 된 게 있어요. 우습게도 어떤 사진들은 버리기 위해 올리고 싶어진 다는 것이었습니다.

제 만화에도 쓴 말이지만, 누구나 사는 동안 목격자를 필 요로 한다고 느낄 때가 많아요. 사람에게는 오로지 나 자신 만이 알고 느낀 것만으로는 결코 충분하지 않은, 타인에게 보여주거나 말해주어야 비로소 그 일이 있었다고 소화해낼 수 있는 이상한 마음이 있는 것 같거든요. '아무도 없는 숲에서 나무가 쓰러지면 소리가 날까?'라는 오래된 철학 질문을 닮아 있기도 하네요. 아마도 사람들은 흑백의 방의 오치카가 (또는 그 바통을 이어받은 도미지로가) 듣는 이로서 자신의 이야기와 관계를 맺을 때 비로소 그 일은 있게 되고, 그래서 잘 버릴 수도 있어지는 게 아닐까요?

책이라는 것은 굉장히 본격적인 기록 매체라 여기에 빗대기에는 적당치 않지만, 그래도 작가와 독자 역시 어느 정도는 비슷한 관계일 수 있다는 생각을 해봐요. 방황이야 좀 있었지만, 제가 결국 이야기를 쓰고 그려 책으로 내는 직업을 갖게 된 것도 어떠한 형태로든 세상에 있게 만들어야 제 마음에서도 깨끗이 내보낼 수 있게 되어서가 아닐까요?

*

언니를 닮기 위해 실천하기 가장 쉬운 것이 뭔지 아시나요? 바로 게임을 하는 겁니다. 언니는 게임 마니아로도 유명

하시지요. 머나먼 독일에서(저는 지금 독일에서 살고 있어요) 누군가 저녁이 되면 '자, 이제 미야베 미유키처럼 쉬자!' 하고 플레이스테이션을 켠다는 것이 재미있지 않으신가요.

　제가 최근에 즐기기 시작한 게임은 '데스 스트랜딩'입니다. 플레이어가 화물을 나르며 고립된 지역과 단절된 사람들 사이에 연결망을 잇는, 그야말로 연결의 게임이에요. 그만큼 거친 길을 홀로 외롭게 달려야 하지요. 그런데 재미있는 건 지형 여기저기서 전세계 유저들이 남긴 구조물이나 흔적을 만날 수가 있다는 거예요. 직접 마주할 수는 없어도 나보다 먼저 여길 지나간 누군가가 사다리를 남겨놓아 제 경로를 더 수월하게 만들어주기도 하고, 저는 제가 굴러떨어진 절벽에 경고 팻말을 세워 이후에 올 누군가의 추락을 방지해줄 수도 있습니다. 그러면서 서로 '좋아요'를 의미하는 '따봉'을 주고받을 수도 있어요. 기본적으로 저는 일도, 생활도, 게임도 싱글 플레이어의 자질을 타고났지만, 시공간을 넘어선 외조와 따봉의 왕래가 의외로 묘한 연결감이 되어 가는 길 내내 힘이 되어준다는 것에 놀랐습니다. 그래서 살면서 '좋아요'라고 느껴지는 것이 있을 때마다 더 자주 남겨보려고요. 더불어 저도 제가 지나간 곳에 도움의 사다리와 경고 팻말을 남겨놓을 수 있는 누군가의 언니가 될 수 있다면 더 기쁠 것 같아요. 참, 이 편지도 언니가 달리는 길 어딘가에 놓일 응원의 엄지가 되면 좋겠어요.

언니라고 불러봤다는 것이 아직도 황송해서인지 이런 이야기도 해보고 싶어지네요. 아무에게도 말하지 않았지만 언젠가는 미스터리 장르에 도전해보고 싶다는 마음을 남몰래 품고 있기는 해요. 제게 정말로 그럴 재주가 있는지는 몰라 약속은 못 드리겠어요. 이 말은 그저 읽고 버려주세요.

김정연 드림

누구나 사는 동안
목격자를 필요로 한다고 느낄 때가 많아요.
사람에게는 타인에게 보여주거나 말해주어야
비로소 그 일이 있었다고 소화해낼 수 있는
이상한 마음이 있는 것 같거든요.

당장 두꺼운 이불을
꺼내야겠어

문보영

시인. 돼지 인형 말씹러와 살며, 새벽에 전화 영어를 한다. 독자들에게 손글씨로 쓴 편지를 우편으로 보낸다. 시집 『책기둥』 『배틀그라운드』, 소설집 『하품의 언덕』, 에세이집 『준최선의 롱런』 『일기시대』 등을 썼다.

어느 수전에게

오늘자 전화 영어 수업은 새벽 두시 반입니다. 저는 아침이나 새벽에 전화 영어를 합니다. 아침에 하는 이유는 혼자 깨기 어렵기 때문이고, 새벽에 하는 이유는 외롭기 때문입니다. 전화 영어를 시작한 지 어언 7년이 되었습니다. 날마다 수업을 예약하는 시스템이어서 선생님은 매번 바뀝니다. 매일 25분씩 7년 동안 필리핀, 우간다, 나이지리아, 자메이카, 모로코, 세르비아 선생님과 수업을 했죠. 7년 동안 단 두번을 제외하고 모두 여성 선생님의 수업을 신청했습니다. 전체 선생님 중 필리핀 선생님의 비율이 압도적으로 높지만 새벽에는 아프리카 선생님의 수업이 더 많아요. 한국의 새벽은 아프리카 시간으로 저녁이거든요. 그래서 저처럼 새벽 다섯시, 여섯시에 자는 학생도 지구 건너편에 사는 누군가와 새벽에 통화를 할 수 있어요. 아프리카 선생님은 'Good evening' 하고 말하며 저를 반겨주곤 합니다. 그런데 새벽에 수업을 열어둔 필리핀 선생님들도 꽤 있어요. 그곳도 한국처럼 새벽인데 말이에요(시차가 한시간밖에 나지 않거든요). 아프리카 선생님들은 그렇다 쳐도 필리핀 선생님들은 왜 이 시간에 수업을 여는 걸까요. 고객도 자는 시간에 말이에요. 그게 궁금해서 새벽에 깨어 있는 필리핀 선생님의 수업을 신청해요.

며칠 전에 만난 필리핀 선생님은 싱글맘이었습니다. 그래서 새벽에 일을 한다고 해요. 새벽에 수업을 여는 필리핀 선생님 중에는 혼자 아이를 키우는 분들이 많습니다. 그들은 아이가 일어나기 전에 수업을 하고, 아이를 재운 후에 수업을 해요. 그럼 잠은 언제 잘까요? 선생님은 말해요.

"난 잠은 안 자. 난 낮잠만 자."

어제 새벽 세시에 제 수업을 맡은 또다른 필리핀 선생님은 제게 물었어요. "거기 두시 반 아니에요?" "맞아요." "지금까지 안 자고 뭐해요?" "그러는 선생님은요…? 거기도 새벽이잖아요." 이웃이 모두 자는 시간에 선생님도 나도 깨어 있는 게 좀 웃기고 애잔합니다. 우리는 휴대폰 화면으로 서로의 얼굴을 볼 수 있는데, 선생님의 방과 제 방은 이상하리만치 닮아 있습니다. 혼자 살아도 누가 깰까봐 조곤조곤 대화하죠. 조명은 어둡고 사위는 고요해요. 우리는 모두 불 꺼진 방에 홀로 있는 사람입니다. 스탠드 하나를 달랑 켜놓고 대화를 나누죠.

학교에 다니는 학생을 키우는 선생님의 경우, 본업은 따로 있고 전화 영어가 부업인 경우가 많습니다. 그들은 직장을 다녀와 집안일을 하고, 아이를 돌보고, 새벽에는 부업으로 전화 영어 수업을 합니다. 그녀들은 많아야 세시간에서 네시간 정도 잡니다. 그녀들은 수업이 끝나면 곯아떨어지고, 첫 수업으로 하루를 시작합니다.

*

앞서 언급한 바와 같이, 이 전화 영어는 선생님을 매일 선택하는 시스템이어서 선생님이 자주 바뀝니다. 그런데 제

당장 두꺼운 이불을 꺼내야겠어

가 본 그녀들의 삶은 마치 한 사람의 것처럼 닮아 있습니다.

그런 의미에서 제 새벽과 아침을 담당하는 그녀들을 대표로 '수전'이라고 칭해보렵니다.

수전은 매일 새로운 학생들을 맞이합니다. 하루에도 몇 번씩 자기 자신을 소개하죠. 학생들의 서툰 영어를 알아듣기 위해 애쓰고, 말이 잘 통하지 않아도 귀 기울입니다. 학생들의 요구를 들어줘야 하고, 컴플레인이 들어오면 그에 맞게 언행을 수정합니다. 무엇보다 학생들에게 좋은 점수를 받아야 하죠. 별점이 높고 피드백이 좋아야 앞 페이지에 등록될수 있거든요.

수업 내용은 학생이 고를 수 있는데, 프리 토킹, 데일리 뉴스 읽기, 어휘 공부, 문학 작품 읽기, 발음 교정 등이 있습니다. 제가 제일 좋아하는 교재는 데일리 뉴스예요. 수전과 나는 목록을 둘러보며 오늘 읽을 뉴스를 함께 고릅니다.

'Which countries have the most public holidays?' (공휴일이 제일 많은 나라는 어디일까?)

'Would you work in a floating office?'(당신은 물 위에 떠 있는 사무실에서 일하겠는가?)

'This hotel wants to build a hotel in space'(이 호텔은 우주에 호텔을 짓는다 하네)

'People in Taiwan change names to 'Salmon' for free sushi'(대만 사람들, 무료 초밥을 위해 이름을 '연어'로 바꾸다)

'Weighted blankets could help with insomnia'(두꺼운 이불이 당신의 불면증 개선에 도움이 될 것이다)

같이 읽을 뉴스를 고르는 시간은 제가 제일 좋아하는 시간이에요. 그날그날 새로운 뉴스들이 업로드되는데, 하나같이 쓸데없지만 재미있고 무해한 이야기들이에요.

어느 수전과 나는 'Weighted blankets could help with insomnia'(두꺼운 이불이 당신의 불면증 개선에 도움이 될 것이다)라는 제목의 뉴스를 골랐어요. 이 기사에 따르면 두꺼운 이불은 몸을 누르는 마사지와 같은 기능을 해서 수면에 도움을 준다고 합니다.

당장 두꺼운 이불을 꺼내야겠어

그런데 알고 보니 수전과 나는 세번째 만나는 사이였습니다. 수강 기록을 보니 우리는 재작년 새벽에도 만났고, 5년 전에도 만난 사이더군요. 저는 수전을 기억하지 못했지만 수전은 저를 기억하고 있었습니다. 지난 수업 일지를 본건지, 아니면 정말로 저를 기억한 건지, 수전은 저더러 불면증은 괜찮아졌느냐고 물어보더군요. 아아, 나에겐 이런 친구가 너무나도 필요합니다. 오늘 잠은 잘 잤는지, 악몽을 꿨는지 물어봐주는 친구가요. 잘 잤느냐고 물으면 나는 아주 아이가 되어버려요. 꿈에서 누가 날 괴롭혔는지 엄마한테 가서 이르듯 필리핀 전화 영어 선생님들에게 말하죠. 그날 꾼 악몽을 털어놓으면 왠지 마음이 가벼워져요. 제게 전화 영어는 일종의 정신과 상담에 가깝습니다. 제가 꾼 악몽을 들어주는 사람이 있다는 건 정서적 안정을 줍니다.

수전과 나는 함께 데일리 뉴스를 읽습니다. 수전이 한 문단을 읽으면 내가 따라 읽죠. 우리는 같은 문단을 읽고 늘 같은 부분에서 웃어요. 그녀가 읽을 때 한번 웃고, 내가 읽을 때 같은 문장에서 또 웃어요. 나는 혼자 읽을 수 있어도 꼭 따라 읽습니다. 누가 간 길을 따라 걷는 기분이 들거든요. 두꺼운 이불이 불면증에 도움이 될 뿐 아니라 불안장애와 우울증 개선에도 도움이 된다는 문단을 읽으며 외쳤습니다.

"두꺼운 이불을 당장 꺼내야겠어!"

원래 쓰는 이불은 아주 가벼운 재질이어서 쉽게 뒤척일 수 있어요. 어쩌면 그래서 잠을 못 이루는 건지도 모르겠습니다.

"당장 두꺼운 이불을 꺼내! 두꺼운 이불은 너를 붙잡아줄 거야. 뒤척이지 못하게 너를 고정시켜줄 거야. 네가 증발하거나 먼지처럼 휘날리지 않도록 꼭 붙잡고 있어줄 거야."

그녀는 마치 자신이 두꺼운 이불인 것처럼 말합니다.

*

수전에 대해 몇자 더 적어볼까 합니다. 수전은 의학을 공부하고, 마카티시티에 삽니다. 마카티는 필리핀의 수도인 마닐라 근처에 있죠. 수전은 성인이 된 이후에는 쭉 마카티시

티에 살았는데 어렸을 때는 수도 없이 이사를 다녔다고 합니
다. 아버지가 군인이셨거든요. 저는 그녀에게 자주 이사하고
적응해야 하는 삶이 힘들지 않았느냐고 물었어요. 그러자 재
미있는 답변이 돌아왔습니다.

"오! 나는 거꾸로 생각했어. 나는 내가 새로운 지역과 새
로운 사람들에게 적응하는 게 아니라 그들이 나에게 적응하
는 거라고 생각했는걸? 그리고 나는 그것을 도울 뿐이라고.
전학생이 오면 뭔가 신비롭고 긴장되지 않아? '뭔가 달라졌
다!' 나는 이렇게 생각했지. 안 그래? 전학생이 온 날은 다른
날에 비해 조금 더 특별하잖아. 새로운 사람으로 인해 우리
는 변화를 겪게 되지. 그래서 나는 조금 들뜨고 긴장하곤 했
어, 전학생보다도! 반대로 내가 전학생인 경우는 쉬웠어. 나
는 그곳에 균열을 가져오는 조금 특별한 사람이 된 기분이었
고, 기존 세계는 이 균열에 적응해야 했지."

나는 수전이 들려준 이 이야기를 일기장에 적어두었다가
이 편지를 쓰면서 다시 들춰보았습니다. 수전은 이런 말도
덧붙였더군요.

"사는 것도 마찬가지야. 내가 이 세상에 태어나서 적응한다고? 오, 그건 참 오만한 생각이야. 내가 태어남으로 인해 주변 사람들이 나에게 적응하느라 애먹었을 뿐이지. 엄마, 아빠, 그리고 형제의 삶이 나로 인해 송두리째 바뀌었으니까. 나야 뭐 자고 먹고 싸기나 했을 뿐. 그래서 이렇게 생각해. 내가 세상에 적응하고 있는 만큼, 세상도 나에게 적응하고 있다고."

수전의 이야기를 오래오래 기억하렵니다.

고백하건대, 전화 영어를 7년이나 했지만 7년 전이나 지금이나 영어 실력은 눈곱만큼의 차이도 없습니다(눈곱만큼…은 늘었겠지요). 하지만 매일 서툴게 말할 수 있다는 게 좋습니다. 단순한 진심을 단순한 어휘를 사용해 말하는 게 좋습니다. 누군가의 이야기를 듣는 게 좋고, 누군가 나의 불면을 걱정해주는 게 좋고, 누군가 내 이야기를 들어주는 게 좋습니다. 수많은 수전 언니들(어쩌면 제게는 수백명의 언니들이 있는 셈이군요)은 제가 이 더딘 말하기를 이어갈 수 있게 도와줍니다. 죽었다 깨도 저는 유창한 영어를 구사하지 못하겠지요. 그러니 앞으로도 무수한 수전에게 기대어보렵니다.

영원히 혼자 탈 수 없는 자전거를 수전이 뒤에서 잡아주는 게 좋습니다.

문보영 보냄

내가 이 세상에 태어나서 적응한다고?

오, 그건 참 오만한 생각이야.

내가 태어남으로 인해 주변 사람들이

나에게 적응하느라 애먹었을 뿐이지.

당신을 생각하면
눈물이 나요

김겨울

작가이자 유튜버. 유튜브 채널 「겨울서점」을 운영하며 MBC 표
준FM 「라디오 북클럽 김겨울입니다」의 디제이를 맡고 있다. 「활
자 안에서 유영하기」 「책의 말들」을 비롯한 몇권의 책을 썼다.

언니에게 이름이 있어 저는 기뻐요. 언니에게 이름이 있다는 것이 얼마나 멋진 일인지 생각하곤 해요. 언니가 받은 이름은 '아름다운 여성', 언니가 지은 이름은 '고결하고 글재주가 좋은 여성'이라지요. 언니가 '허씨 부인'이 아니어서, 이름도 없이 전해지는 '작자 미상'도 아니어서 얼마나 다행인지 몰라요.

하지만 당신에게 이름이 있어서, 당신이 그렇게 일찍 죽었던가요.

언니, 저는 책을 읽고 쓰는 게 직업이에요. 어릴 때부터 책을 너무 좋아해서 그렇게 책을 읽어댔거든요. 글을 쓰는 것도 좋아했고요. 언니도 책을 그렇게 좋아했었다면서요. 가족들이 모두 독서를 좋아해서 그 속에서 자연스럽게 책을 접했다고 들었어요. 그런 집안이니 언니에게도 이름이 있었겠지요. 언니에게 이름을 지어준 아버지가 계셨겠지요. 언니의 아버지가 언니를 보면서 무슨 생각을 했을까요? 여덟살 때 벌써 천재적인 글을 지어서 신동 소리를 듣는 딸이 자랑스러웠을까요? 그런 딸을 시집보내서 남의 집안 사람으로 만들 미래가 두려웠을까요? 그것도 모르고 자신을 맑은 눈으로 바라보는 딸의 표정에 마음이 미어졌을까요? 아니면 그저 똑똑한 딸을 명문가에 시집보낼 생각에 즐거웠을까요? 사신으로 중국에 다녀올 때면 비단이 아닌 책을 사 오던 아버지 말이에요.

언니가 여덟살 때 썼다던 글을 봤어요. 달에 백옥루를 짓는다고 상상하고 그 건물에 상량할 때, 그러니까 들보를 올리면서 송축할 때 외는 축문을 쓴 거라면서요.

들보 북쪽으로 떡을 던지네.
북해가 아득해서 북극성이 잠기고
붕새의 깃이 하늘을 치니 그 바람에 물이 치솟네.
구만리 하늘에 구름이 드리워 비 기운이 어둑하네.

들보 위쪽으로 떡을 던지네.
새벽빛이 희미하게 비단 장막을 밝히고
신선의 꿈이 백옥 평상에 처음으로 감도는데
북두칠성의 국자 돌아가는 소리를 누워서 듣네.

들보 아래쪽으로 떡을 던지네.
팔방에 구름이 어두워 날 저문 것을 알고
시녀들이 수정궁이 춥다고 아뢰네.
새벽 서리가 벌써 원앙 기와에 맺혔네.

—허난설헌 「광한전 백옥루 상량문」 중 일부✦

…언니 미쳤어요? 이런 걸 여덟 살 때 썼다고요? 언니 진
짜 천재였네요. 어깨너머로 배운 글로 어떻게 이런 글을 써
요. '북두칠성의 국자 돌아가는 소리'라니, 여덟 살이면 원래

✦ 허경진 옮김 『허난설헌 시선』 평민사 2019, 206면.

북두칠성을 보고 손가락으로 가리키면서 "부뚜치썽!" 같은 탄성을 내지르는 나이가 아니냔 말예요.

정말이지 언니가 지금 태어났다면 얼마나 좋았을까, 지금 태어나서 나랑 비슷한 나이가 되었다면 얼마나 멋진 글을 썼을까, 그런 부질없는 질문을 멈추기가 힘들어요.

차라리 재주가 없었으면 얼마나 좋았을까, 그런 생각을 하곤 했나요. 재주가 있어서 이렇게 고통을 받는구나, 차라리 글문을 몰랐으면, 똑똑하지 않았으면, 세상에 아무것도 질문하지 않았으면 나았을까 몇번이고 되뇌었나요. 그러다가도 책이 주는 무한한 세계를 포기하지 못해 가슴을 치고 또 쳤나요. 도망치고 싶어 책을 읽고, 말할 수 없어 시를 썼나요. 삶을 사랑할 수도 미워할 수도 없어 마음속으로 하늘을 거닐었나요. 밀려들고 다가오는 죽음이 원망스러웠나요. 그래서 그렇게 많은 시에 신선이 등장하고 꿈이 등장하나요.

언니, 저는 명치를 타고 끊임없이 올라오는 불같은 의문들, 가슴을 짓누르는 삶의 불가해성을 받아들이는 데에 오랜 시간을 보냈어요. 왜 이런 삶이 주어져야 하는가,라는 질문에 답하기 위해 미친 사람처럼 책 속을 헤매고 다녔습니다. 저는 이 모든 게 우연이고, 나에게 이런 삶이 주어져야 할 이유가 없듯 이런 삶이 주어지지 말아야 할 이유도 없다는 결론을 받아들이기로 했습니다. 그것은 고통스러운 과정이었지만 피할 수도 없는 과정이었어요.

하지만 가정에 충실하기는커녕 능력이 없고 밖으로만 나도는 남편을 만나고, 며느리를 못마땅하게 여기는 시어머니를 모시고, 마음을 기댈 수 있던 아버지의 상을 치르고, 정신적 지주 같았던 오빠의 상도 치르고, 자신을 따르는 동생을 귀양 보내고, 사랑하는 딸을 잃고, 이듬해 아들마저 잃은 당신의 삶을 두고 저는 차마 '인생의 우연성' 같은 말을 꺼낼 수가 없을 것 같아요. 언니의 삶에서 언니가 선택할 수 있었던 것은 없으니까요. 언니의 삶은 차라리 '사회의 필연성'이라고 부르는 것이 맞을지도 모르겠습니다. 제가 제 삶을 두고 번민할 수 있었던 것조차 언니의 삶 앞에서는 사치일 거예요. 그래서 더 마음이 아파요. 언니, 우리 똑똑한 언니, 울고 또 울었을 언니, 언니를 생각할 때마다 눈물이 나는 것을

A lucky letter + to my sister

멈추기가 힘듭니다.

> 하늘거리는 창가의 난초
> 가지와 잎 그리도 향그럽더니,
> 가을바람 잎새에 한번 스치고 가자
> 슬프게도 찬 서리에 다 시들었네.
> 빼어난 그 모습은 이울어져도
> 맑은 향기만은 끝내 죽지 않아,
> 그 모습 보면서 내 마음이 아파져
> 눈물이 흘러 옷소매를 적시네.

—허난설헌 「감우」+

　다행스럽게도 언니의 눈물, 난초의 눈물을 기억하는 사람들이 무척 많아요. 언니가 죽고 나서 언니의 동생이 시를 모아서 출간했거든요. 중국이랑 일본에 수출도 되고, 얼마

+ 같은 책 16면.

나 문인들에게 극찬을 받았는지 몰라요. 나중에 명나라에서 언니의 글이 역수입되고 나서야 박지원이 "규중 부인으로서 시를 읊는 것은 애초부터 아름다운 일은 아니지만 조선의 한 여자로서 꽃다운 이름이 중국에까지 전파되었으니 가히 영예스럽다고 이르지 않을 수 없다"[✦]라고 했다니 얼마나 우스워요. 국위선양 정도는 해줘야 마지못해 인정해줬던 모양이지요.

지금 우리에게도 맨부커상을 받은 한강 작가가, 세계적인 베스트셀러를 쓴 조남주 작가가, 그리핀 시 문학상을 받은 김혜순 시인이, 대거상을 받은 윤고은 작가가 있어요. 어쩌면 모두 언니의 뒤를 이은 사람들이지요. 지금은 여성이 자신의 삶을 선택할 수 있고, 꼭 결혼하지 않아도 돼요. 아직도 여성의 삶을 두고 한심한 소리를 하는 작자들은 널려 있지만—이 글을 쓰는 와중에도 제 유튜브 채널에는 "여성은 초월적인 것과는 거리가 멀어 위대한 예술가, 위대한 시인,

---

✦ 박경남 『여성적인, 너무나 여성적인 분노, 허난설헌』, 그린북아시아 2018.

위대한 철학자가 되기에는 부적격"이라는 멍청한 댓글이 달려서 차단을 했답니다──그런 작자들에게 가운뎃손가락을 내보일 수 있어요. 다시는 조선에 태어나지 않겠다고 했던 언니에게 조금은 기쁜 소식일까요?

실은 언니가 꼽은 세가지 불행이 아직도 언급되곤 해요. 여자로 태어난 것, 조선에서 태어난 것, 김성립의 아내가 된 것. 우리도 아직은 여기에 공감할 수 있어요. 그래도 언젠가 언니가 돌아온다면 언니가 다시 떠나지 않아도 되는 세상이 되어 있도록 애쓰고 있을게요. 저 세가지 불행에 공감하지 않는 세상을 만들고 있을게요. 우리는 그렇게 애쓰고 있어요.

언니의 유언 같은 시를 읽어요.

푸른 바닷물이 구슬 바다를 넘나들고
파란 난새가 채색 난새와 어울렸구나.
부용꽃 스물일곱송이 붉게 떨어지니
달빛 서리 위에서 차갑기만 하여라.

──허난설헌 「꿈에 광상산에 노닐다」+

언니의 죽음은 어찌나 신비롭게 남아 있는지요. 언니가 어떻게 죽었는지 알고 싶어서 이런저런 책을 찾아봤지만 하나같이 '아무런 병도 없었는데 어느 날 갑자기 몸을 단정히 하더니 "금년이 3·9의 수에 해당되니, 오늘 연꽃이 서리에 맞아 붉게 되었다" 하고 눈을 감았다'라고만 써 있더라고요. 저는 이게 언니의 죽음을 정확히 밝히지 않으려는 시도이거나 정확히 밝힐 의지가 없었다는 방증이라고 생각해요. 하지만 그렇게 생각하는 대신 저는 언니를 기억하는 사람들이 언니를 지켜주고 싶었던 것이라고 믿고 싶어요. 신선의 세계로 가고 싶었던 언니를 위해 신선처럼 눈을 감은 것으로 하자고, 그렇게 지켜주었다고요.

언니, 언니는 시를 하나도 남기고 싶지 않았겠지만, 그 모든 게 저주 같았겠지만, 언니의 시가 이렇게 아직도 남아서 사람들의 사랑을 받아요. 언니가 불태우고 싶었던 언니의 시는

✦ 나태주 편역 『그대 만나려고 물 너머로 연밥을 던졌다가』, 알에이치코리아 2018, 155면.

재가 되지 않고 저 같은 사람들의 소지燒紙가 되었답니다.

거긴 어때요? 당신은 바라던 대로 신선이 되었나요?

초희 언니, 초희 언니.

2021년 여름

김거울 씀

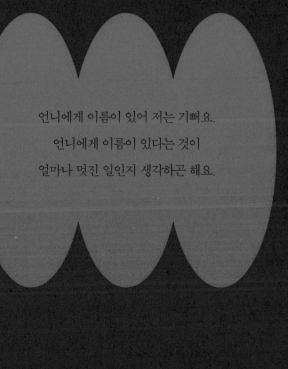

언니에게 이름이 있어 저는 기뻐요.

언니에게 이름이 있다는 것이

얼마나 멋진 일인지 생각하곤 해요.

언니의 이름을
불러주고 싶어

임지은

✦

작가. 1990년 서울 북쪽에서 태어났다. 수필집 『연중무휴의 사
랑』을 썼다. 깨끗하게 비운 식기와 산책을 좋아하고, 냉소와 냉
장고 속 반찬이 상하는 걸 싫어한다.

혜영 언니에게

애 좀 봐!

10년 전 강남의 한 어학원에서 언니가 나를 보며 귀여워 죽겠다는 듯 말을 걸어왔을 때 당황했던 게 생각난다. 그런 호의를 처음 받아본 나는 얼떨떨해하면서도 매일 아침 은근슬쩍 언니 근처에 앉았지. 몇달 뒤 우리는 급속도로 가까워졌어. 지금은 무지개다리를 건넌 언니의 강아지가 신이 나 오줌을 지리는 걸 보거나, 같은 침대에 누워 제주 출신 여자가 서울에서 살아남는 일에 대해 들으며 나는 언니를 차곡차곡 쌓아갔지. 무엇보다 언니는 나를 맹목적으로 지지했어. 누군가 내 가능성을 의심하면 언니는 상대가 기죽을 정도로 코웃음을 쳐줬잖아.

지랄… 앤 뭐든 해낼 수 있어!

언니의 나를 향한 선입견은 언제나 다른 사람들의 것보

다 커서, 나는 여자가 서른이 넘으면 저 정도 확신이나 투지를 가질 수 있구나 감탄했어. 또 언니는 누구보다 열정적이었지. 자기 기대에 못 미치는 결과에는 숱 많은 머리를 쥐어뜯거나 눈물을 뚝뚝 쏟았고 그러다가도 작은 성취에 입이 찢어져라 웃어서, 사실 나는 언니가 좀… 미쳤다고도 생각했어…

그런 내가 그 시절 언니의 나이가 됐다. 나보다 어린 이들이 반짝거리며 나를 스쳐갈 때, 전만큼 빠릿빠릿하지 못한 스스로가 답답할 때마다 언니를 생각해. 나중에서야 그때 실은 무척 절박했다고 고백하던 언니를. 이십대가 바글대는 어학원에서 분투하던 삼십대 초반 언니의 마음 같은 걸 생각하면, 냉방이 너무 강한 카페에 카디건 하나 없이 앉아 있는 것 같아져.

언니, 고작 어학원에서 만난 내게 어떻게 그런 사랑을 줬어? 자기도 개힘들었을 거면서?

그럼 언니는 눌린 장판 같은 얼굴로 웃으며 말하겠지.

지랄…

누가 어릴 적 자기를 챙겨줬다면 많은 게 바뀌었을 거라고, 언니 참 입버릇처럼 말했다. 나는 꼭 어린 여자들을 도와줄 거야, 좋은 언니가 될 거야. 거 보란 듯 언니는 나 혼자는 발도 못 들였을 곳들에 나를 데리고 다녔지. 언니가 잔소리와 함께 건네주는 봉투엔 내가 맛있어했던 과일 따위가 들어 있었고, 그런 걸 우물대며 나는 결혼도 하기 전에 친정이 뭔지 알 거 같아졌어.

하지만 언니는 가끔 좀… 무언가를 작정한 사람 같았어. 내게 아낌없이 퍼붓는 언니에게선 어쩐지 어린 시절의 언니 자신을 이제라도 구해내겠다는 비장함이나, 그 시절 자신이 겪은 무엇도 더는 용납하지 않겠다는 결기가 느껴졌달까. 급기야 나는 내가 나인지 언니의 과거인지 헷갈리기도 했어. 나를 보는 언니의 눈은 언니의 실패를 전제하거나 되새기고 있었거든. 아마 너무 통해서 그랬던 걸까? 세상이 한결같이 여성에게 똑같이 굴어온 덕에 우리가 비슷한 서사로 묶여서 그랬을 수도 있겠다. 한번은 열살 차이가 무색해지는 그런 서사로 한강에서 같이 질질 짜던 날, 언니는 눈이 소시지 같아진 채 신신당부했어.

고집부리지 마! 그 정도로 기죽지 마! 너는 너무 나 같아! 제발 나처럼 살지 마, 좀!

코가 축구공만 해진 내가 답했지.

아닌데! 난 언니랑 다른데!

고백하자면 우리가 비슷하다고 느껴왔음에도 불구하고, 그때 나는 어딘지 모르게 날 선 거부감이 들었고 언니의 말들이 영 틀려먹었다고 생각했어. 묽어진 기억 속에서도 언니가 지친 얼굴로 스스로를 질책하던 건 또렷해. 그게 내 불행을 다그치는 양 느껴졌던 거나, 나를 보며 어떤 불가해한 부담을 드러내던 언니가 영 '언니'답지 못하다고 내심 생각했던 것도. 언니도 나도 언니에게 엄정한 잣대를 들이대던 시기였지. 그래도 언니의 말은 역시 틀렸어. 나는 언니와 달라. 적어도 나는 언니를 가졌잖아. 나는 언니 덕에 언니보다 훨씬 운이 좋은 사람이 되었지.

*

어쩌면 먼저 산 여성은 뒤에 태어난 여성의 이름을 불러주려고 언니가 되었는지도 모른다고, 언니답게 나는 내 동생에게서 열심히 내 이름을 지웠다고. 첫 책에 그럴듯하게 쓰면서 언니를 생각했어. 이야 임지은, 언니를 잘도 베꼈구나! 내가 언니, 하면 언니는 지은아, 답했잖아. 언니를 흉내내보고서야 나는 우리 사이 이름을 가진 게 늘 나뿐이었다는 걸, 언니가 그 이름을 부르며 소망을 걸었다는 걸 알게 되었지. 자신을 마지막으로 어떤 서사가 영원히 종결되길 바라는 소망, 누군가 온전한 제 이름으로 살길 바라는 소망… 지지대를 가지게 된 식물처럼 나는 언니의 소망에 기대 이만큼 자랐어. 이제는 전보다 더 많은 여자들이 나를 언니라 부른다.

하지만 언니. 나는 종종 허둥대며 악몽을 꿔. 내 과거가 아직도 어린 여자들의 현재일 때나 그들의 불행이 내 무능을 압박하는 것 같을 때, 누군가 언니, 하며 못내 울음을 터뜨릴 때… 나의 안간힘은 어디쯤 왔나 아득해져. 나를 언니라고 부르는 사람이 늘어날수록 내 이름을 불러주는 사람은

언니의 이름을 불러주고 싶어

점점 줄어든다. 언니다운 언니여야 한다는 부담과 자책이 오소소 나를 휩쓸고, 그마저도 못 된다면 나 자신은 도대체 무엇이 될 수 있나 의심스러울 정도로 여전히 세상은 버거우니까. 나이가 든다고 쉬워지기는커녕, 어느 날엔 마치 품 안에서 상해가는 음식을 바라보는 오래된 냉장고가 된 것 같아. 그럴 때면 언니처럼 소시지 눈이 되어 생각해.

개힘들었겠구나…

우습지만 가끔 '언니'의 '언'이 뒤에 오는 단어를 부정하는 접두사 'un'처럼 읽혀. 그러니까 누군가를 이름이 아닌 un니,라고 부르는 게, 여성의 삶에 'un'이 하나 더 끼어드는 것처럼 생각되기도 한다는 말이야. 호칭은 자연스럽게 어떤 책임을 씌우고, 세상은 필요할 때만 호칭을 주며 추켜세우잖아. 마치 여자가 차지할 수 있는 미래는 하나뿐이라 다른 여자가 물러나야만 하는 것처럼, 여자의 불행은 여자들끼리 처리해야 하는 것처럼, 언니다운 언니, 그게 연상인 여자의 미덕이자 몫인 것처럼.

나이가 들수록 왜 자꾸 언니한테 미안해질까?

언니는 그런 게 어딨느냐고 하겠지. 그런 말 말라고, 야, 넌 쓸데없는 생각이 너무 많다고, 원래 언니는 그런 거라고, 그냥 그렇게 저물어가는 거라고.

알아. 그냥 나는 요즘 이런 생각을 하면서 지내.

*

뜬금없지만 언니의 결혼식 이후, 축가에 애잔한 선곡은 법으로 금지해야 한다고 주장하고 다닌다. 코인노래방에서 만원어치씩 연습할 때만 해도 고장난 염소처럼 축가를 부를 줄은 몰랐지. 선곡은 조용필의 「이젠 그랬으면 좋겠네」였고, 나는 진심으로 언니가 이젠 그랬으면 좋겠어서 추잡하게 울었어. 뭘 그랬으면 좋겠냐고? 어이없지만 나도 그게 뭔지 알 수 없었어. 하지만 모르면서 간절하게 바랐어. 저저, 맨날 남 뒤치다꺼리하고, 자신을 챙길 틈도 없이 내내 애써온 저 인간, 이젠 좀, 제발 좀. 울먹이는 내게 우아한 드레스를 입은 언니는 입 모양으로 말했어.

지…랄…(작작해…)

그러는 언니도 신부 주제에 얼큰한 눈을 하고 있었으면
서…

어쨌든 세상엔 화장이나 축가를 꼴사납게 망쳐놓음으로
써 확인되는 애정도 있었고, 내 애정에 눈시울을 붉히는 언
니를 보며 나는 무척 부끄러워졌어. 오랜 시간 언니 곁에 있
었으면서도 내가 자연스레 놓쳐온 무언가가 거기 있었거든.
비장하지도 결기가 느껴지지도 않는, 자신을 향한 한줌의 진
심에도 기뻐하는 언니의 얼굴은 눈부신 나머지 연약해 보였
어. 아까 내게 어떻게 그런 사랑을 줬느냐고 언니에게 물었
잖아? 설명하긴 어렵지만, 그 얼굴을 본 이후 나는 알 것 같
아졌어. 언니가 내게 그 많은 걸 내어준 건 그 누구보다 언니
에게 그것이 필요했기 때문이라는걸.

부끄럽지만 '언니'라는 호칭은 여전히 애틋하고 아름답
게 들려. 내게 그 단어는 내 이름을 불러주는 사람이, 내게
맹목적인 호의를 보이는 다정한 세상이 있다는 뜻이었으니
까. 내 곁에 그런 언니가 있다는 게 유일한 구원처럼 느껴질

때가 있었고, 함께 한강물에 눈물을 보태며 한 시절을 살아 낸 나는 앞으로도 어린 여자들에게 최선을 다해 언니를 흉내 내겠지.

하지만 언니, 어쩌면 언니라는 호칭엔 추운 진실이 있는 지도 몰라. 이 사회가 여성의 불행을 연상의 여성에게 내맡 기는 식으로 자신이 져야 할 책임을 교묘하게 은폐한다는 진 실. 그런 사회에서 이미 고군분투하던 여자들이 다른 여자 의 불행까지 자기 책임인 양 떠안으려 했다는 진실. 그 여자 들에게 이름을 붙여주는 대신 또 하나의 un을 붙여주었다 는 진실… 거기에 대한 의심 없이 언니의 책임감에 내 세상 을 기대는 건 그 얼굴을 자꾸 비장하게 만드는 일에 불과하 지 않을까. 그 책임감에 눌린 여자들의 이름은 정말로 스러 져버리는 게 아닐까. 여자를 도와주는 세상과 여자를 도와주 는 게 여자뿐인 세상은 완전히 다른 게 아닐까…

요즘은 그런 생각을 계속하고 있고 그래서,

나는 이제 언니라는 단어를 따뜻하게만 여기지는 않기로 했어. 대신 편지를 쓰는 내내 그 좋은 날 울먹이며 축가를 망칠 만큼 내가 도대체 뭘 간절히 바랐는지 생각했지. 실은 그때 나 역시도 언니에게 소망을 걸고 싶었던 걸지도 몰라. 우리의 삶에 어떤 un도 붙지 않았으면, 우리를 꿰어준 서사 같은 게 영영 끝나버렸으면, 긴장도 비장함도 없이 언니가 편안히 그 자신일 수 있었으면, 앞으로도 우리는 서로를 필요로 하겠지만, 누가 부여해준 책임이나 호칭 없이도 의미 있는 관계가 될 수 있다면… 이젠 그랬으면…

그외에도 수없이 떠오르는 모든 소망을 하나하나 되새기며,

언니, 사랑하는 나의 혜영, 오래전 축가를 들으며 헝클어졌던 언니의 얼굴을 떠올려.

지랄이 취미인
언니의 지은이가

나는 언니와 달라. 적어도 나는 언니를 가졌잖아.

나는 언니 덕에 언니보다 훨씬 운이 좋은 사람이 되었지.

어떤 사랑을 하며
살아야 할까요

이연

✦

1992년 제천에서 태어나 서울에서 산다. 다섯평 방 월세 45만원을 내기 위해 6년간 디자이너로 일했다. 현재는 60만 유튜버이자 작가·강연자로 활동 중이다. 그림 에세이 『겁내지 않고 그림 그리는 법』을 썼다.

실비아 플라스에게 이연이

언니, 사실 저 소설은 그다지 좋아하지 않아요. 그보다는 진짜 있었던 일들에 관심이 많거든요. 그래서 남의 일기를 읽는 것을 좋아해요. 현대사회의 장점은 그런 것들을 훔쳐보기 무척 좋아졌다는 거예요. 블로그만 잘 들여다봐도 일기를 쓰는 사람을 쉽게 찾을 수 있거든요. 몇년 전부터 책 대신 그런 것들만 몰래 읽으며 지냈어요. 작가 못지않게 성실하게 쓰는 사람들의 글이 무척 좋더라고요. 그러다 문득 작가의 일기는 어떨지 궁금해졌어요. 메이슨 커리의 『리추얼』(책읽는 수요일 2014)이라는 책에서 언니가 열한살부터 자살한 그날까지 평생 일기를 꾸준히 썼다는 걸 알았어요. 언니가 가족도 있고 아이도 있어서 오래 산 줄 알았는데 서른에 자살을 했다고 해서 퍽 놀랐답니다. 저는 이제 막 서른이거든요. 솔직히 언니의 시와 소설은 읽을 생각이 없어요. 그래도 이 일기들은 오래 읽을 것 같아요. 사실은 일상의 이야기들이 더 소설 같을 때가 많잖아요? 인간의 삶은 그 자체로 충분히 근사한 문학이 돼요. 저는 일기를 쓰는 사람만이 솔직한 독백을 내뱉는 삶의 주인공이 될 수 있다고 믿거든요. 그래서 그런 사람들을 마음속으로 몰래 아껴요.

나는 사랑하지 않아요. 나 이외의 아무도 사랑하지 않는 거예요. 인정하기엔 좀 충격적인 사실이지만. 우리 어머니가 보여주는 자기희생적 사랑은 제게서 눈곱만큼도 찾아볼 수 없어요. 꾸준하고 실용적인 사랑도 전혀 없고요… 단적으로 엄밀히 말하자면, 나는 오직 나 자신만을, 작고 어울리지 않는 보잘것없는 가슴과 희박하고 얄팍한 재주를 지닌 나라는 이 초라한 존재만을 사랑하고 있는 거죠.✦

✦ 실비아 플라스 『실비아 플라스의 일기』 문예출판사 2004, 90면.

언니의 일기를 보며 사랑에 대해 생각했어요. 사진을 찾아보니까 언니는 배신감이 들 정도로 예쁘더라고요. 게다가 똑똑하기까지 했으니 얼마나 인기가 많았을지 짐작이 가요. 나는 보통의 얼굴이고, 일을 좋아해서 연애를 그렇게 많이 해보지는 못했답니다. 연애에 있어서는 아주 애매한 이십대를 보냈죠. 그러다보니 이상한 오기가 생겼어요. 감히 사랑 없이 살 수 있다고 생각하게 된 거죠. 그게 내가 현명해지는 방법이라는 착각이 들었거든요. 근데 언니의 일기를 보니 참 뭐랄까, 이 사람 너무하다, 싶었어요. 사랑이 얼마나 부질없는지 제일 잘 알면서 그 부질없음을 놓지 못하는 인간에 대해, 그게 심지어 자신이라고 적나라하게 써놓았잖아요. 읽는 것은 눈인데 어쩐지 뼈가 아픈 느낌이 들었어요. 안 그래도 많은 생각이 더 많아졌죠. 저는 늘 생각이 많은 편이에요. 그럴 때의 팁이 있어요. 자신이 잠시 현명해지는 때에 질문을 하는 거예요. 저는 자전거를 탈 때 현명해지거든요. 자전거를 끌고 나가 잠수교 언덕길을 오르며 냉큼 물었죠. '사랑 없이 살 수 있니?' 하고 말이에요. 나는 잠시 뜸을 들이다 내리

　　　　　　　어떤 사랑을 하며 살아야 할까요

막을 쓱 내려오며 곧바로 대답했어요. '아니…'

*

사실 우리 세상에서는 젊은이가 사랑을 하지 않는 것이 시대적 문제가 되었어요. 저도 그 '문제'의 일부랍니다. 여성이든 남성이든, 혹은 제3의 성이든 각자 헤아릴 수 없는 고민이 있겠지만 왜 젊은 청춘들이 사랑과 멀어지느냐고 묻는다면, 더 많이 사랑하는 쪽이 자주 불리하고, 또 종종 희생해야 하는 입장에 놓이기 때문이 아닐까 해요. 이런 세상에서 사랑이란 너무 어려운 일이에요. 그렇기 때문일까, 나는 지금도 나 자신만을 사랑해요. 언니가 일기에 썼던 말이 내게 아프게 와닿았던 이유예요. 그러면서 사랑, 이 어려운 일을 남이 내게 해주기만 감히 바라고 있답니다.

솔직히 나는 사랑과 함께 자유로울 자신이 없어요. 손을 앞으로 뻗지 못하고 오른손을 왼쪽에, 왼손을 오른쪽에 얹고 자꾸 혼자를 끌어안게 돼요. 주문을 걸듯 외롭지 않다고 중

이연 「Clementine, deep in thought」, 2020, 종이에 과슈.

얼거리는 거에요. 외롭지 않다는 말이 거짓은 아니랍니다. 밤에 원 없이 읽을 수 있는 남의 일기 몇권이 있으면 괜찮아요. 그걸 읽으면 고독을 더욱 체감하지만 이런 고민이 나만의 것이 아니라는 사실만큼은 큰 위로가 되거든요. 그래도 언니의 솔직함은 자주 내 마음을 막막하게 했답니다. 이런 우리가 어떻게 사랑을 할 수 있을까, 하며 말이에요.

영화 「이터널 선샤인」(2004)의 이 장면을 특히 좋아해서 세번을 그렸어요. 잠든 연인 곁에서 눈을 선명하게 뜬 주인공은 생각에 잠긴 모습입니다. 이상하게 이 느낌을 너무 잘 알 것 같아요. 누군가 분명 이렇게 곁에 있는데 잠들어 있다면, 종종 죽은 것 같다는 생각이 들어요. 깨우면 되지만 깨울 수 없잖아요? 그런 어둠 속에서는 나만 선명해져요. 왜 이런 짓을 계속하는지 모르겠다는 생각이 들면서, 그렇게 생각하지 말자고 나를 다독이지만 생각을 막을 수 없어요. 세상에 나를 외롭지 않게 할 사람은 영영 없을 것 같아요. 이런 것을 이미 알고 있는 우리는 너무 똑똑해진 것일까요?

어떤 사랑을 하며 살아야 할까요. 곁에서 머리를 쓸며 더 자라고 토닥여줘야 할지. 혹은 가슴에 푹 파묻히며 잠시 슬픈 생각을 했다고 칭얼거려야 할지. 둘 다 고르고 싶지 않은 선택지예요. 사랑을 할 때는 평소라면 하지 않을 일들만 골라서 하기 때문에 스스로 멍청해진다는 기분이 들기도 해요. 그래도 우리가 계속 사랑을 해야 하는 걸까.

언니의 일기가 좋았고, 언니에게 편지를 쓰는 이유도 이거예요. 사랑을 한다는 것이 부질없는 짓이라는 생각만 드는데 자꾸 믿게 돼요. 언니도 그랬던 것 같아서, 그걸 누구보다 잘 알았던 것 같아서 많이 공감이 됐어요. 근데 사랑이 정말로 바보 같은 짓은 아니라는 걸 알고 있거든요. 언니의 일기를 읽으며 확신했어요. 이게 참 이상하고 쓸데없는 짓인데 그만큼 삶에서 떼어놓을 수 없는 일이니까 그만큼 사랑하고 산 거 아닐까 하고. 그래서 나는 이제부터라도 사랑을 믿기로 했어요. 그게 뭔지는 몰라도, 어디에 있는지는 몰라도, 존재한다는 생각이 드니까요. 아무튼 아직 모릅니다. 내가 알아낸 사랑은 겨우 이만큼이거든요.

편지를 뜯는 기분으로 언니의 일기를 봤고 이제야 답장

을 써요. 언니 대신 내가 서른의 독백을 이어갈게요. 그리고
언젠가는 내가 생각한 사랑이 무엇인지 대답할 수 있기를 바
라며.

안녕.

2021년 여름
서른의 이연 드림

저는 이제부터라도 사랑을 믿기로 했어요.
그게 뭔지는 몰라도, 어디에 있는지는 몰라도,
존재한다는 생각이 드니까요.

많은 날들을 죽고 싶다고
생각하며 살았어

유진목

✦

1981년 서울 동대문에서 태어났다. 2015년까지 영화 현장에 있으면서 장편 극영화와 다큐멘터리 일곱 작품에 참여했고, 1인 프로덕션 '목년사'에서 단편 극영화와 뮤직비디오를 연출하고 있다. 시집 『연애의 책』 『식물원』 『작가의 탄생』, 산문집 『산책과 연애』 『디스옵타비아』 등을 썼다. 부산 영도에서 서점 '손목서가'를 운영하고 있다.

태어나지 못한 언니에게

자주 언니 생각을 해. 언니는 어떤 사람이 되었을까 하고. 나는 올해 마흔살이 되었어. 5년 전에 첫 책을 냈고, 얼마 전에 여섯번째 책이 나왔어. 그동안 글 쓰는 일이 힘들 때도 있었고, 그만 쓰고 싶다고 생각한 적도 있어. 하지만 언니에게만은 늘 마음속으로 편지를 썼어. 그렇게 오랜 시간 언니에게 건네온 말들을 이렇게 글로 쓰려니 여러번 멈추게 되네. 혼자서 흘려보낸 말들을 이렇게 적으면 내가 너무 아플 것 같아서. 그리고 스스로 책임지지 못할까 겁이 나서. 그래도 지금은 이렇게 용기 내 편지를 쓰고 있어. 언니가 미처 읽지 못한다 해도 나는 이 편지를 세상에 보내고 싶어.

언니, 언니는 남자가 아니어서 이 세상에 태어나지 못했어. 언니가 몰랐던 사실을 이렇게 내가 말해버려도 되는 걸까? 나는 남자가 아닌데도 태어났거든. 어째서 언니는 태어

많은 날들을 죽고 싶다고 생각하며 살았어

나지 못하고 나는 태어난 거냐고 언니가 묻는다면 나는 대답할 수 없어. 그저 운이 좋았다고 대답할 수 있을까? 세상에 태어나는 일이 좋은 일이라고 할 수 있을까? 나는 마흔해 동안 살면서 태어나지 않았으면 좋았을 거라는 생각을 많이 했어. 내가 태어나서 본 세상에는 너무나도 끔찍한 일들이 많았거든.

언니, 내가 사는 동안에 많은 여자들이 죽었어. 나도 많은 날들을 죽고 싶다고 생각하며 살았어. 언니는 살아보지 못한 삶을 나는 태어나 살면서 죽고 싶다고 생각한 거야. 지난 몇해 동안 여자들은 한때 연인이었던 남자에 의해 성관계 영상이 유출돼서 스스로 목숨을 끊었어. 공중화장실에 갔다가 화장실에 숨어 있던 남자에게 여러번 칼에 찔려 죽었어. 죽은 여자들을 생각하면 억장이 무너지고 나도 빨리 이 삶을 다 살아버리고만 싶어. 죽은 여자들이 살아 있는 것보다 죽는 게 낫다고 결정하는 그 순간을 생각하면 나는 이 세상에 불을 지르고 싶어. 하지만 그럴 수 없고 그래서도 안 된다는 걸 알기에 참고 있을 뿐이야. 실제로 세상에 화가 난다며 여자들을 죽이고, 많은 사람들이 살고 있는 건물에 불을 지를 남자들이 있으니까 나는 그렇게 하지 않을 뿐이야.

언니, 나는 이런 생각을 하는 내가 무서워. 그래서 자주 언니를 불러. 어떤 사람들이 간절한 순간에 신을 찾는 것처럼 나는 언니를 불러. 언니, 이 세상을 어떻게 살아야 해? 내가 물으면 언니는 내 앞에 나타나 조용히 나를 바라보고 있어. 나는 매번 다른 언니의 얼굴을 마주보곤 해. 언니는 조용히 있으면서 아주 많은 이야기를 들려주기도 하고 때로는 아무런 말도 하지 않기도 해. 언니가 아무 말도 하지 않을 때는 많이 슬퍼. 언니가 들려주는 이야기는 세상의 언어가 아니지만 나는 신기하게도 언니가 하는 말을 알아듣고 고개를 끄덕여. 한바탕 눈물을 쏟은 적도 자주 있어. 언니는 늘 이렇게 말하잖아. 살아. 힘을 내서. 용기를 가지고. 너무 절망하지 말고. 조금씩 세상이 바뀔 거라는 희망을 잃어버리면 안 된다고 하잖아. 나는 아무런 힘이 없고, 그래서 용기를 가지지 못하고, 너무 많이 절망해서 이제는 마음의 병을 얻었는데, 언니는 희망을 잃어버리면 안 된다고 해. 한바탕 울고 나

많은 날들을 죽고 싶다고 생각하며 살았어

서야 나는 고개를 끄덕여. 못할 것 같다고, 못하겠다고 대답한 적도 있지만 결국에는 항상 고개를 끄덕였어. 언니도 내가 언니의 말에 귀 기울인 것을 알고 있지?

나 말고 다른 많은 사람들이 힘없고 병들었는데도 매일 새롭게 용기를 만들어 가지는 것에 대해서 언니에게 꼭 말해주고 싶어. 용기와 희망을 잃지 않으려고 안간힘을 쓰며 매일을 살아내고 있다고 말해주고 싶어. 우리가 죽기 전에 우리가 희망한 세상이 오지 않더라도 너무 절망하지 말자고 서로 손을 맞잡고 있다는 것을 말해주고 싶어.

그리고 언니, 언니 대신 내가 태어나서 미안해. 이 말도 꼭 하고 싶었어. 언니가 보지 못한 이 땅의 나무와 꽃과 바다와 하늘에 대해 먼저 말하지 못해서 미안해. 나쁜 일들만 늘 털어놔서 미안해. 그래서 오늘은 약속하고 싶어. 끝까지 살아보겠다고. 지금보다 더 나이 든 사람이 되어서 그때의 세상을 맞이하겠다고. 그때도 변한 것이 없다 해도 너무 많이 절망하지 않겠다고. 너무 많이 절망하면 증오하게 되니까. 이건 어느 날 언니가 내게 알려준 거야. 절망하되 증오하지 말고, 반성하되 자책하지 말라고 언니가 그랬어. 나는 언니가 내게 그렇게 말한 날을 또렷이 기억하고 있어. 새벽이었고, 나는 혼자 깨어 있었어. 그리고 혼자 깨어 있는 다른 많은 여자들이 있다는 것을 언니를 마주하며 알게 되었어.

언니, 나는 앞으로도 힘들 때마다 언니를 부를 거야. 그리고 이 편지를 쓰는 동안에 생각했어. 살면서 행운처럼 좋은 일이 찾아오면, 그리고 이 지옥 같은 세상이 여자들의 목소리로 조금씩 바뀌게 되면, 언니에게 먼저 들려주겠다고.

그러니 내가 살아 있는 동안에 언니에게 쓰는 편지는 계속될 거야. 그리고 이 편지를 읽는 사람들이 어느 날 문득 언니에게 편지를 쓰길 바라.

2021년 7월

유진목

많은 날들을 죽고 싶다고 생각하며 살았어

이건 어느 날 언니가 내게 알려준 거야.

절망하되 증오하지 말고,

반성하되 자책하지 말라고.

어느새 언니가 되어버린
나와 당신께

오지은

✦

1981년생. 작가이자 음악인. 2007년 첫 솔로 앨범 「지은」을 발표했다. 2집 「지은」과 3집 「3」을 내고 프로젝트밴드 오지은과늑대들, 오지은서영호로 활동했다. 책 「홋카이도 보통열차」 「익숙한 새벽 세시」 「이런 나라도 즐겁고 싶다」를 썼고 공저 「괜찮지 않을까, 우리가 함께라면」을 냈다.

안녕하세요. 무더운 여름 건강하게 잘 보내고 계시는지요. 저는 오지은이라고 합니다. 음악을 하고 글을 쓰는 사람입니다.

모든 글이 그렇지만 편지글은 첫 부분이 참 어려워요. 당신이 어떤 사람인지, 또 어떤 곳에서 어떤 시간에, 어떤 마음으로 이 편지를 펼칠지 알 수 없으니까요. 물론 그걸 안다고 해서 제가 갑자기 달변이 되거나 제 마음을 당신 앞에 술술 펼칠 수 있게 되는 건 아닙니다만.

이 편지는 '언니'에 대한 내용이어야 하지요. 제 인생에는 많은 언니가 있었습니다. 당신의 인생도 그랬을까요. 저는 어쩌다가 이른 나이에 언니 오빠들과 밴드를 하게 되었어요. 그래서 돌봄을 많이 받았습니다. 이제야 이렇게 생각하는 거지, 당시엔 제가 뭘 받고 있는 건지 하나도 몰랐어요.

보이고 들리는 자극은 너무 많고, 시야는 좁고, 속은 항상 부글부글 끓고 있어서 누군가 날 챙겨주고 애정을 주고 있다는 걸 제대로 이해하거나 파악하지 못했어요. 하지만 그러나저러나 언니들은 제게 잘해주었습니다.

　대체 언니들은 왜 그랬을까요? 제가 언니가 되니 알 것 같기도 하고, 여전히 모르는 것 같기도 합니다.

*

　저는 올해 한국 나이로 마흔하나가 되었습니다. 첫 앨범을 낸 지는 14년, 음악을 시작할 땐 복닥복닥 동료가 많았는데 지금은 동료보다 후배(적절한 표현인지 모르겠지만)가 훨씬 많은 것 같습니다. 가끔은 '내가 눈치도 없이 여기 계속 있는 걸까?' 하는 생각도 합니다. 누군가에겐 이런 생각이 낯설 테고, 누군가는 이해하겠죠. 의지와 상관없이 어느새 언니가 되어버린 당신이라면 공감할지도 모르겠네요.

　혹시 제가 회사에 다닌다면 과장급인 걸까요? 회사원으

로 산 적이 없어서 정확히 과장이 무슨 일을 하고 어떤 입장인지 잘 알지도 못하면서 그런 생각을 해봅니다. 그리고 신입사원과 대리를 챙겨야 하는 여성 과장을 떠올리곤 해요. 자기 일도 바빠 죽겠는데 남을 가르치고, 실수를 봐주고, 이끌고, 백업해주고, 그는 그래야 하는 걸까. 내 앞길도 캄캄한데 누가 고민 상담을 청하면 들어줘야 하는 걸까. 분위기가 다운되면 끌어올려보려고 농담을 했다가 후회하거나 할까. 더이상 서투르면 안 된다는 생각에 스스로를 더 몰아붙이곤 하다가 몰래 지치고 씁쓸해질까.

전 어느새 누군가의 언니가 되었어요. 인정해야 할 것 같아요. 어떤 여자 뮤지션에게 생일선물로 무얼 줄까 물어봤더니 언니라고 부를 수 있는 권한을 달라고 했어요. 와우. 진짜 나이가 드는 순간은 숫자가 바뀔 때가 아니라 나를 나이 많은 사람으로 보는 젊은이들이 생겨나는 순간이라고 하던데 (어디서 언제 읽었는지 기억은 나지 않지만) 맞는 말 같아요. 제 안에서 저는 그냥 저인데, 그냥 별다를 것 없이 일을 하고 하루하루 살았을 뿐인데, 어느새 역할이 생겼더라고요.

어느새 언니가 되어버린 나와 당신께

뭐라 해야 할까요. 그냥 와우…입니다.

　어딘가의 과장님인 당신은 어떤 기분인가요.

　당신이 말을 하려다 삼키는 순간을, 당신 앞의 젊은이는 아마 모르겠죠. 제 앞의 젊은이도 모를 겁니다. 충고라는 건 참 고약하죠. 결국 상대방은 자기가 듣고 싶은 말이 내 입에서 나오길 기다릴 뿐이라는 생각조차 듭니다. 너무 이른 충고는 허공에서 맴돌 것이고, 달콤한 말은 무책임한 것 같고, 씁쓸한 말은 괜히 기운 꺾는 것 같고, 하나 마나 한 말은 정말 하나 마나 하고 그렇잖아요. 게다가 내게 이럴 자격이 있는지를 생각하면 그만 아무 말도 할 수 없게 됩니다. 이런 어설픈 마음이 다 티가 날까요? 그렇다면 참 부끄럽습니다만.

　어떤 뮤지션이 앨범을 내기 전에 너무 막막했다고 인터뷰한 것을 보았어요. 자료나 경험담을 찾기가 힘들었다고 답했더라고요. 나는 그에게 무슨 말을 해줄 수 있을까 생각해봤는데 3박 4일 같이 밤을 새우든지, 아니면 고작 '행운을 빈다는 말 한마디를 건네든지 둘 중 하나겠더라고요. 왜냐하면 그가 걷게 될 길은 제 길과는 같은 듯 사실은 완전히 다른 자신만의 가시밭길이기 때문입니다. 제 구체적 경험은 별 도움이 되지 않으리라 생각해요. 그렇게 거리를 두는 제 앞에 종종 반짝이는 눈망울로 '버텨주세요!' 하고 외치는 분들이 생겼습니다. 전 홍대의 토템이 된 걸까요?

남을 위해 버틴다는 것은 말이 되지 않지요. 저는 그냥 저를 위해 살 뿐입니다. 하지만 얼마 전부터 제 안에 없던 감정이 생겼어요. 그건 지하철에서 가방이 열린 사람을 보았을 때, 올이 나간 스타킹을 신은 사람을 보았을 때 참견을 하는 중년 여성의 마음과 일치한다고 생각해요. 세간에서 오지랖이나 주책이라고 부르는 감정요. 돌이켜 보면 지하철에서 참 많은 여성이 제 가방을 닫아주었어요. 하지만 저는 갑자기 제 가방을 만지거나 '열렸어요' 하고 말을 거는 상황이 당황스러워서 급히 감사하다고 말하고 그 자리를 떠나곤 했어요. 제대로 눈을 보고 인사하지도 못한 것 같아요. 하지만 이제 알겠어요. 그는 감사하다는 말을 들으려고 가방을 닫아준

어느새 언니가 되어버린 나와 당신께

게 아니라는 것을.

영화배우 케이트 윈슬렛^{Kate Winslet}이 최근 인터뷰에서 이런 얘기를 했대요. 같이 영화에 출연하는 18세의 여성 배우가 차 안에서 섹스 장면을 찍게 된 거예요. 그래서 자기 촬영이 끝났는데도 촬영장에 남았대요. 그리고 계속 옆에서 괜찮으냐고, 지금 불편하지 않느냐고 물어봤대요. 18세 여성은 어떻게 생각했을까요. 오지랖이라고 생각했을까요. 연기에 방해가 된다고 생각했을까요. 저 사람이 대체 왜 저러지. 혹시 날 견제하나, 하고 오해했을까요. 고마워했을까요. 아마 케이트 윈슬렛에게 그건 중요한 부분이 아니었을 거예요. 그냥 케이트 언니 눈에 보였다고 생각합니다. 혹시 벌어질지도 모르는 수많은 일들, 이미 자신의 인생에 일어났던 끔찍한 경험이요. 친하고 안 친하고를 떠나서, 그냥 그런 일이 또 일어나게 놔둘 수 없는 거예요.

당신의 일터에는 어쩌면 또래 여성이 별로 없을지도 모르겠다는 생각이 듭니다. 스무명의 남자 과장 사이에 당신 혼자 여성일지도 모르죠. 그래서 많은 것을 혼자 감당하고 있을지도요. 어쩌면 당신에게 지혜를 구하러 온 어린 여성이 당신의 완벽하지 못한 모습에 실망할지도 모릅니다. 어쩌면, 혹시 어쩌면, 여성에게 주어진 과장 자리는 하나뿐이라 여성 대리가 당신을 미워할 수도 있겠네요(제가 너무 살벌한 픽션을 많이 본 걸까요). 사람들은 쉽게 여성 연대를 얘기하지만, 그 안에는 너무나 복잡하고 많은 층이 존재합니다. 게다가 직장은 스머프 마을이 아닐 테고요. 하지만 당신은 눈앞의 열린 가방을 닫아줄지도 모르죠. 무슨 오지랖이야? 하는 표정이 돌아와도 묵묵히 자기 자리로 돌아가서 할 일을 하겠지요. 이해를 받거나 감사 인사를 받으려고 한 행동이 아니니까요.

아, 저는 요즘 업계 여성들에게 불쑥불쑥 말을 겁니다. 왠지 제가 5년 전에, 10년 전에 느꼈던 감정을 통과하고 있는 듯 보이는 사람들이 있어요. 세상엔 참 함정이 많죠. 늪도 많아요. 예술계 또한 그렇습니다. 그래서 뾰족한 수도 없으면서 밑도 끝도 없이 말을 겁니다.

"혹시 이상한 사람이 있으면 말해요. 싸한 일이 생기면 말해요. 자꾸 의심이 들면 이 말을 기억해주세요. 당신은 생각보다 훨씬 더 대단한 일을 하고 있습니다. 내가 할 수 있는 건 커피를 사는 정도지만, 그거라도 필요하면 언제든 얘기해요."

이런 갑작스러운 짓을 합니다. 무슨 오지랖이야? 하는 소리가 머릿속에서 들려도 그러는 이유는,

수많은 언니들이 그렇게 해주었으니까, 정도일 테고
그건 우리에게 충분히 커다란 이유겠지요.

그럼 어딘가의 과장님,
언젠가 부장이 되시길 바라며(원하신다면요!)
당신의 건강과 행복을 진심으로 빕니다.

오지은 올림

저는 그냥 저를 위해 살 뿐입니다.

하지만 얼마 전부터 제 안에 없던 감정이 생겼어요.

세간에서 오지랖이나 주책이라고 부르는 감정요.

'여자의 적은 여자'인
세상을 위해서

정희진
✦

문학박사·여성학 연구자. 『페미니즘의 도전』 『정희진처럼 읽기』
『아주 친밀한 폭력』 『혼자서 본 영화』 『편협하게 읽고 치열하게
쓴다』 등을 썼다.

언니, 나야. 내가 밤마다 전화해서 언니 괴롭히잖아. 전화할 때마다 내가 너무 '열강'이지. 미안. 오늘은 언니 귀랑 내 목을 생각해서 편지를 써보려고 해. 우리 몸은 소중하잖아?

언니, 나는 예전부터 '여자의 적은 여자다', 이 말의 의미를 꼭 바로잡고 싶었어. 고상하게 말하면 재해석인데, 이렇게 말하면 사람들은 '그래, 여자는 여자가 도와야지' 하면서 자매애, 혹은 시스터후드를 이야기할 거라 생각할지도 몰라. 이 편지의 기획의도도 그런 걸지도 모르겠어. 그런데 말이야, 나는 '여자의 적이 여자'인 세상을 만들어야 한다고 생각해. 그러니까 페미니즘은 '여자의 적은 여자가 아니다'라고 주장하는 게 아니라 그 반대여야 한다는 거야. 여기서 중요한 개념은, '적敵'이 아니라 '여자'야.

'여자의 적은 여자'인 세상을 위해서

생각해봐, 남자 부장이랑 남자 과장이 싸우면 부장과 과장의 싸움이라고 하지, '남자의 적은 남자'라고 안 해. 남자들은 매번 자기들끼리 전쟁하고, 대통령 경선하고, 자리다툼, 밥그릇 싸움하잖아? 여야 간 갈등이나 노사 갈등이라고 하지, 누가 남자들끼리 싸운다고 해? 남자들이 더 심하게 싸우지 않나? 자기들이 가진 파이가 크니까. 그런데 여자들 간에 갈등이 있으면 공적인 지위가 아니라 성별인 여성으로 환원해 '여자의 적은 여자'라고 말해. 그러니까 정말 이건 여성혐오, 약자혐오인 거야. 여자는 다 같다는 거지. 페미니즘은 인간을 남녀로 구분하는 것에 대한 문제 제기잖아? 왜 남자는 인간이고, 여자는 여자야? 결국 '여자의 적은 여자', 이런 말을 할 필요도 없는 세상이 되어야 해. 여자가 아니라 인간으로 '승격'되어야 이런 말이 없어져.

원래 이 말은 여성의 존재를 성역할에 한정했을 때만 가능한 말이야. 고부 갈등이나 얄미운 시누이, 딸과 아들을 차별하는 엄마, 직장에서 여자 후배에게 더 혹독한 여자 상사, 양다리 걸친 남자를 두고 시기, 질투하는 여자들… 뭐, 이런 거. 고부 갈등은 여자와 여자의 싸움이 아니라 아들을 둔 어머니와 남편을 둔 아내의 갈등, 즉 성역할 갈등이야. 이건 인간관계의 갈등이 아니라 '시어머니'랑 '며느리'라는, 존재 미상의 성역할 담당자 간의 싸움이지. 여성이 독립적 시민, 인간, 개인이 아니라 남성과의 관계에서만 사회적 성원권을 가질 때, 여자의 적은 여자가 될 수밖에 없어.

기껏 성역할을 벗어나 사회로 나간다고 해도 여자에게 주어지는 자리가 적은 곳에서 여자는 남자와 경쟁하는 것이 아니라 여자끼리 경쟁해야 해. 그러니까 같은 여자가 미운 거야. 이게 모든 사회적 약자를 상대로 한 토큰token정치, 분열정치의 작동 방식이잖아. 이건 인간의 기준이 남성인 사회에 살면서 이중으로 모욕당하는 거야. 모욕도 이런 모욕이 없어, 정말! 애초부터 좁쌀만 한 자원만 허락해놓고 싸우게 하는 거야.

*

그런데 세상은 천천히 변하고 있어. 이제 여성은 성역할로만 정의되는 것이 아니라 시민운동가로, 지식인으로, 노동자로, 부자, 빈자, 장애인, 성소수자 등 다양하게 스스로를 정체화하고 이들의 이해관계는 모두 달라. 오히려 지금 같은 페미니즘 대중화 시대에 문제는 이거야. 페미니스트가 도리어 여자는 똑같다고, 자매애를 가져야 한다고 주장해. 실은 자신도 권력투쟁을 하는 거면서 다른 의견을 가진 여성을 비판하는 건 가부장제의 '여적여' 구도에 휘말리는 거라고, 우리는 같은 여성이니 서로 비판하지 말자고 말해(물론 자기 의견에 동의해야 한다는 거지).

그래, 물론 연대는 토큰정치에 대항하는 방식일 수 있어. 그런데 문제는 페미니즘이 곧 자매애라고 생각하는 거야. 영화나 드라마, 소설 같은 데에서는 흑인 여성과 백인 여성의 자매애나 성폭력 피해 여성과의 연대 같은 게 소재로 나오고, 페미니스트들은 그런 텍스트에 열광을 하지(그런데 영화 소재라는 사실 자체가 현실에선 찾기 어렵다는 반증 아니겠어?). 나도 처음 페미니즘을 공부할 때는 세상 모든 여자들과 나를 동일시했어. 여자들의 아름다운 공동체… 자매애… 시스터후드… 더 어려운 사람들과 같이 막 이렇게… 꿈을 꿨어. 그 꿈이 깨지는 데는 오래 걸리지 않았지. 현실은 훨씬 복잡하고 어려워. 사실은 여자들끼리 갈등이 얼마나 많은데?

페미니스트는 유연하게 교차하고 치열하게 싸워야 해. 투쟁은 인류 문명의 필연적인 현상이고, 우리는 인간이니까. 그런데 언니, 나도 이런 이야기를 하는 것이 이제는 지치고 어려워. 이게 나의 자기 검열인지, 가부장제의 더 커다란 검열인지 헷갈리기도 해. 때로는 이 사회가 우리를 영원히 여자로 묶어두려는 것 같아.

이제 혼자 싸우는 건 지쳤어. 그래서 이 글을 쓰기로 한 거야. 나 말고 다른 사람들도 싸워주길 바라면서. 이제는 글쓰기 그만두고 조용히 살고 싶어. '자연인'이 되고 싶은데 그것도 능력이 꽤 필요한 일이고 산속에 들어가자니 성폭력도 무섭고… 내가 공기총 값을 알아봤다니까, 글쎄. 그냥 김밥천국에 설거지 아르바이트로 취직하려고 해. 나는 혼자니까

한달에 100만원이면 살 수 있어. 지역의료보험과 국민연금, 이 두가지 세금 내고 전기료, 수도료 정도만 해결하고. 그리고 현미에 물만 먹고 살면 되지, 뭐. 그런데 김밥천국이 사실 천국이 아니라 지옥이라고 하더라. 일이 힘들어서 허리가 분질러진대. 아, 언니, 정말 인생 왜 이렇게 힘든 거야!

정희진 씀

페미니스트는 유연하게 교차하고
치열하게 싸워야 해.
투쟁은 인류 문명의 필연적인 현상이고,
우리는 인간이니까.

언니 앞에서는
무엇도 숨길 수가 없었습니다

김일란
✦

성적소수문화인권연대 연분홍치마 활동가이자 다큐멘터리 감독. 「마마상―Remember Me This Way」을 시작으로, 세명의 트랜스젠더 남성들을 다룬 「3xFTM」, 용산참사 연작 「두 개의 문」과 「공동정범」을 연출했다. 다양한 삶의 현장에서 이야기를 발견하고 미디어 기록하며 교감하고자 한다.

미스 리 언니께

경기도 평택의 송탄은 제 첫 다큐멘터리 영화 「마마상」
(2005)의 촬영지였습니다. 2003년 송탄에서 양희 이모를 만
나서 '마마상'이라는 말을 처음 알게 되었어요. 미군 남성을
대상으로 하는 클럽에서 허드렛일뿐만 아니라 이주여성들
과 미군 남성 사이의 성매매를 알선하는 일을 하는 나이 든
여성들을 '마마상'이라고 부르고, 대부분의 마마상들은 젊은
시절 미군 남성을 대상으로 한 성판매 여성이었다는 것을요.
이 여성들은 젊은 시절엔 피해자였지만 성매매 구조의 변화
속에서 현재는 가해자의 삶을 살고 있으며, 이러한 생애주기
는 역사적, 문화적, 정치적인 쟁점일 뿐 아니라 섹슈얼리티
의 측면에서도 복잡하고 난감하지만 매우 중요한 이슈라는
생각에 이르게 되었습니다. 그래서 마마상 일을 하고 있는
양희 이모를 중심으로 다큐멘터리 영화를 제작하게 되었죠.

다큐멘터리 영화를 찍겠다고 송탄에서 살기 시작했을 때 양희 이모께서 미스 리 언니를 소개해주셨습니다. 언니를 처음 만난 곳은 '구장터 사거리'였어요. 송탄은 원래 일제강점기 때부터 큰 장터가 있던 마을이었대요. 그런데 1952년 한국전쟁 중에 미군부대가 들어오고 미군을 대상으로 하는 새로운 시장이 생겼다고 했습니다. 그곳을 새롭게 들어선 장터라는 의미로 '신장新場', 예전부터 있던 장터는 '구장舊場'이라 부르게 되었다고 하더군요. 이곳의 지명인 신장동은 여기서 유래한 것이라고 합니다. 구장터길을 지나면 언덕이 보이고, 그 고개를 넘어서면 바로 미군기지 K-55의 정문이었어요. 18년 전에는 공사 중이었는데, 지금은 많이 변했겠죠?

구장터 사거리에서 미스 리 언니를 처음 봤을 때, 대단한 기세를 가진 분이라 생각했습니다.

"그냥 미스 리 언니라고 불러라."

노랗게 물들인 앞머리를 크게 부풀려 뒤로 넘긴 '사자 머리' 스타일에, 화려하고 커다란 보석이 달린 목걸이와 귀걸이 세트를 하고 있었고, 깔끔하게 잘 다듬은 긴 손톱에 빨간

색 매니큐어가 곱게 칠해져 있었어요. 어느 소설을 읽으며 그려본 기지촌의 '양색시'가 바로 언니의 모습이라고 생각했어요. 육십대 중반의 양희 이모가 오십대 초반의 미스 리 언니에게 의지하는 것도, 사람 사귀기에 적극적이지 않은 양희 이모와 달리 매사에 도전적인 분위기의 언니가 서로 친분이 두터운 것도 신기했어요. 경계심을 감추지 않은 위협적인 눈빛으로 저희를 보시면서, 경상도 사투리가 섞인 허스키한 목소리로 물어보셨죠.

"그래서 다큐는 왜 찍는 건데?"

이 평범한 질문이 날카로운 송곳으로 표적의 정중앙을 정확하게 내리꽂는 듯 들렸습니다. 제작 지원 기획서에는 거창한 기획의도를 늘어놓고는 언니 앞에서는 답을 못했습니다. 왜 답을 하지 못했을까요? 한동안 저에게 가장 큰 의문이었습니다. 우물쭈물하고 있는 사이에 언니는 한마디 더 덧붙이셨습니다.

"여기 여자들이라고 함부로 하지 마라."

언니의 충고에 심장이 쿵쿵거렸습니다. 언니를 보며 어

느 소설에서 읽은 '양색시'를 떠올리고 신기하게 바라본 것을 들킨 것 같았습니다. 범죄가 발각된 느낌이었습니다. 민망함을 넘어서 심지어는 수치심까지 느꼈습니다. 언니가 저희의 끼니와 잠자리를 걱정하고 챙겨주실 만큼 사이가 가까워진 후에도 언니의 날카로운 질문은 멈추지 않았습니다.

"그래서 니네 영화에서 마마상은 어떻게 나오는데?"

언니는 저희가 만들 다큐멘터리 영화에서 양희 이모나 미스 리 언니를 어떻게 담을지 종종 물어보았습니다. 물어보실 때마다 저는 제 의도를 의심받는 것 같아서 마음이 크게 상했더랬습니다. 지금이라면 언니의 우려가 무엇인지 눈치챘을 것 같습니다. 하지만 그때는 언니의 질문이 의심과 경계로 가득 찬 공격이라 느꼈습니다. 그 질문들이 당황스럽거나 곤란하게 느껴져서, 주인공인 양희 이모도 질문하지 않는데 미스 리 언니는 왜 이렇게 많은 걸 물을까 툴툴거렸습니다.

하지만 항상 언니의 질문 앞에서는 무언가 '뜨끔'하는 것이 있었습니다. 카메라 뒤에서 저는 이주여성과 미군 남성의 성매매 구조 속에서 마마상은 어떤 고리인지 고민했고, 나이 든 성매매 여성들이 젊은 시절 미군 남성과의 성매매를 로맨스로 낭만화한다고 분석했고, 기지촌의 화려한 조명을 크리스마스트리의 불빛에 비유하며 자신을 기지촌의 패션 리더였다고 자랑삼아 말하는 마마상의 모습을 초라한 현재에 대한 보상심리라고 해석했습니다. 언니가 날카로운 질문을 던질 때마다 저는 혼자 분석하고 해석하며 찾아낸 의미들, 하지만 주인공 당사자에게는 공유하지 못할 의미들을 들키는 것만 같았습니다. 그럴 때마다 '숨김없는 상태'가 되기 위해서 어떻게 해야 할지 고민했던 것 같습니다. 그러다 문득 '질문하는 자'와 '대답하는 자'의 사이에 권력이 있음을, 그리고 그 권력은 언제든 역전될 수 있는 성질의 것임을 깨달았습니다.

다큐멘터리 영화를 처음 시작했을 때, 너무나 놀랍게도 질문은 카메라 뒤에 있는 사람의 몫이라 생각했습니다. 저는 카메라 뒤에서 쳐다보고, 관찰하고, 의미를 만들고, 해석할 수 있는 사람으로서 당연히 질문할 수 있다고 여기면서도,

저 역시 그 질문을 되돌려 받을 수 있다는 생각을, 저도 답을 해야 하는 입장에 놓일 수 있다는 생각을 못했습니다. 카메라 뒤에 있는 자의 오만과 카메라 앞에 있는 자에 대한 편견이었습니다. 어리석음을 깨달았습니다. 언니의 질문들에 대한 답을 생각하면서 다큐멘터리 제작자로서의 태도가 만들어졌습니다.

"주인공 당사자에게 말할 수 없는 생각이라면 다큐멘터리에 담아서는 안 된다. 나의 질문이 주인공에게 어떤 의미일지 끊임없이 되물어야 한다."

결국 '숨김없는 상태'가 되기 위해서는 어떤 이슈가 아닌 누군가의 삶으로 다가가야 한다는, 지극히 당연한 연출 원칙이 생겼습니다. 이 원칙은 지금까지도 제가 다큐멘터리 영화를 만들 때 지켜야 할 경계선이자 저를 지지하는 버팀목이 되어줍니다.

영화 촬영을 마치고 송탄을 떠나 서울에 와서 편집을 하던 때, 언니의 소식을 듣게 되었습니다. 언니가 뇌졸중으로 쓰러지셨고, 장례를 치를 가족이 없어서 무연고자로 냉동고에 있다가 다행히 미국에 있는 아들에게 연락이 닿았다고요. 화장해서 어딘가에 뿌렸다는 소식을 들은 것이 마지막입니다.

언니에게 묻지 못한 것이 많습니다. 18년이 지난 지금, 언니를 만날 수 있다면 왜 그때 저에게 그런 질문과 충고를 하셨는지 묻고 싶습니다. 더불어 언니의 정확한 이름도 물어보고 싶습니다. 하지만 언니를 만나기 위해서는 어느 바람결에 물어야 할지, 어떤 나무 곁으로 가야 할지, 아니면 어떤 바다일지, 아무것도 모르겠네요.

지금도 다큐멘터리 영화를 제작할 때면 언니가 떠오릅니다. 언니가 저에게 자주 하시던 바로 그 질문 말입니다.

"그래서 다큐는 왜 찍는 건데?"

영화 속 모든 장면들은 엔딩 크레디트가 끝나야 의미가 확정됩니다. 언니는 저에게 그런 존재입니다. 언니와의 첫 만남은 다양한 순간에 여러가지 의미로 소환되다가 제 영화 인생이 종료될 때 비로소 완결되며 그 의미가 또렷해질 것 같습니다. 그러면 언니의 질문에 제대로 답할 수 있는 날도 오겠지요.

2021년 8월

얼마 후면 언니를 처음 만났을 때의 언니 나이가 되는

일란 드림

* 「마마상—Remember Me This Way」(김일란 · 조혜영 연출, 2005)

한평생을 기지촌 여성으로 살아온 양희 이모의 이야기. 젊은 시절 미군 기지촌 성매매 여성이었던 양희 이모는 육십대가 되고도 기지촌을 떠나지 못한 채 성매매 여성들을 관리하는 중간포주 '마마상'의 역할을 하며 생계를 이어가고 있다. 양희 이모의 한평생을 통해 세월의 변화에도 지속되는 기지촌의 성매매 구조와 기지촌에서 여성으로 살아간다는 것의 의미를 묻는다.

언니가 날카로운 질문을 던질 때마다
저는 무언가를 들키는 것만 같았습니다.
그럴 때마다 '숨김없는 상태'가 되기 위해서
어떻게 해야 할지 고민했습니다.

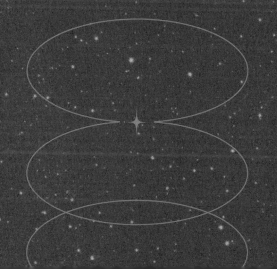

모험을 떠나지 않으면
아무 일도 일어나지 않아요

김효은

✦

2008년 신문사에 입사해 문화부, 사회부 기자로 일했다. 2019년 MZ세대를 위한 뉴미디어 「돋똑라」(듣다보면 똑똑해지는 라이프)를 런칭했고, 현재는 50만명이 구독하는 서비스로 성장했다. 팟캐스트와 유튜브를 통해 독자들과 매일 소통하고 있다.

'식빵 언니' 김연경 선수에게

　김연경 선수, 혹시 시간 괜찮으면 저에게 스파이크 한번 날려주시겠어요? 정신 좀 차리게요. 도쿄올림픽이 폐막한 지 한참이 지났는데도 저는 아직 김연경 선수와 대한민국 국가대표 여자배구팀을 떠나보내지 못하고 있습니다. 김연경 선수의 각종 경기 영상, 예능 영상, 인터뷰 영상, 그리고 「식빵언니 김연경」 유튜브 채널을 밤마다 벌건 눈으로 '정주행' 하고 있는데요. 끊을 수가 없습니다. 정말이지 식빵 언니에 대해 알면 알수록 벽이 느껴져요. 완벽!

　제가 오늘 다소 '주접'을 떨더라도 이해해주세요. 언니가 올여름 저에게 준 환희와 감동은 그 어떤 수사나 기교를 동원해도 다 표현할 수 없을 거랍니다. 덕분에 무기력과 번아웃에 시름겹던 지독한 계절을 무사히 통과할 수 있었어요. 그래서 이 편지에 감사의 마음을 고이 담아 언니에게 부치려

합니다.

잠시 제 소개를 드릴게요. 저는 신문사에서 10년쯤 기자 생활을 하다, 2019년 MZ세대를 위한 뉴미디어 「듣똑라」를 런칭하고 새로운 팀을 이끌고 있는데요. 펜 기자로 일하다 이제는 팟캐스트와 유튜브로 매일매일 독자들과 소통하고 있습니다. 동세대가 원하는 지식과 정보를 고민하고 전한다는 점에서 보람과 기쁨이 큽니다. 동시에 지난 2년 반 동안 전력질주를 하다보니 많이 지치기도 했어요. 특히 새로운 시도 앞에서 점점 몸을 사리는 제 자신이 싫어지던 참이었답니다.

자신감이 한없이 추락하던 때, 김연경 선수가 제 앞에 빛처럼 나타났어요. 코트 안에서도, 밖에서도 호방하게 세상을 평정하는 당신의 모습에 신묘한 기운이 솟아나더군요. 언니는 언니의 유튜브 채널에서 이렇게 말하기도 했죠.

"당신에게 슬럼프가 왔다는 것은 이미 잘하고 있었다는 뜻이다. 그러니 따로 극복할 건 없고 하던 대로 꾸준히 하면 된다."

삶의 여러 질곡을 겪고 세계 최정상에 선 사람이 담담

하게 던지는 말엔 강력한 힘이 있었어요. 저는 허리를 바로 세우고 언니의 삶에 몰입(이라고 쓰고 덕질)해보기로 했습니다.

언니는 어떻게 만인에게 영감을 주는 사람이 되었을까? 어떻게 "배구 역사상 최고의 선수"(국가대표 여자배구팀 라바리니 감독)이자 "10억명 중 한명 나올까 말까 한 선수"(국제배구연맹)로 성장할 수 있었을까? 신체조건, 체력, 기술력, 경기 분석력, 정신력 등등 이유를 대자면 끝이 없겠지만 저는 보다 구체적인 비결을 찾기 위해 언니의 책 『아직 끝이 아니다』를 탐독하기 시작했습니다.

저는 이 책에서 언니가 끊임없이 질문을 던지는 사람이란 것을 알게 되었습니다. 언니는 오래된 관행이나 남들이 가는 길에 늘 의문을 품었어요.

'왜 우리나라 배구 선수들은 해외로 나가지 않을까?'

정규 리그와 챔프전의 MVP를 차지하며 국내 배구를 제패한 2008년, 언니는 스스로 이런 질문을 던집니다. 다른 종목은 해외 진출이 활발하고 팬들의 관심도 뜨거운데 왜 배구는 그렇지 않을까? 해외의 큰 리그를 경험하면 더 성장할 수 있고, 후배들에게 선례를 만들어줄 수 있을 텐데.

지도에 없는 길을 가는 것은 생각보다 녹록지 않았겠죠. 때에 따라 자신의 커리어 전부를 걸어야 했을 수도 있고요. 언니는 여러 기회비용을 감수하고 기꺼이 모험을 떠나기로 합니다. 2009년 일본 리그에 진출했고, 2년간 코트를 누비며 일본 리그의 강점을 온몸으로 흡수했어요. "일본 배구는 현미경 배구라고 불릴 만큼 치밀하고 정확한 플레이, 특히 데이터 분석을 활용한 경기 전략과 운영방식이 강점"✦인데, 한층 더 성장한 언니는 그곳에서도 우승컵과 MVP 자리를 거머쥐고 맙니다.

언니의 탐험은 여기서 멈추지 않습니다. 언니는 '일본에서 얻은 성과를 가지고 국내로 돌아와 대우를 받으며 활동하느냐, 먼 나라로 날아가 새로운 도전을 펼치느냐' 사이에서 또다시 고민합니다. 언어나 문화의 장벽은 둘째 치고, 실

✦ 김연경 『아직 끝이 아니다』 가연 2017, 151면.

패할 수도 있다는 두려움 앞에서 언니는 이렇게 자문했어요. '내 인생에서 이렇게 크게 도약할 수 있는 기회가 몇번이나 올까?' 안온한 터전으로 돌아오기보다 망망대해로 전진하기로 했고, 그 선택이 결국 지금의 김연경을 만들었겠죠.

터키 리그에서 세계 정상급 선수들과 겨루기 위해 치밀한 전략을 세우는 대목도 흥미진진했습니다. 언니는 유럽 리그를 미리 보며 직접 마주쳐야 할 선수들을 관찰하고 연구했어요. 저는 특히 이 문단을 밑줄 치며 읽었습니다.

그들은 타격 높이가 높고 압도적인 스파이크를 보여주지만 대체적으로 폼 방향 그대로 스파이크를 때렸다. 그래서 내가 보기에 공격 방향이나 의도를 쉽게 파악할 수 있었다. 따라서 내가 경기장에서 그들과 같이 경기를 할 때는 공이 나아가는 방향에 변화를 주어 상대 수비를 헷갈리게 해야겠다는 생각이 들었다. (…) 계속해서 예상 밖 방향으로 이어지는 공격에 상대 팀은 속수무책이었다. 지금은 높은 타격점에서도 방향을 조절하며 공격

하는 선수들이 많아졌다. 그래서 나도 새로운 지점으로 또다시 발전해야 한다고 생각한다.✦

왜 김연경 선수가 '월드 클래스'인지, 한명의 선수가 어떻게 리그 전체의 실력을 업그레이드할 수 있는지 알 수 있는 대목이죠. 언니가 기존의 관행을 깨부수고 경로 의존성에서 벗어나 모험을 감행하지 않았다면 오지 않았을 미래를, 우리는 지금 살고 있습니다. 모험엔 늘 위험 요소가 존재하지만 모험을 떠나지 않으면 아무 일도 일어나지 않는다는 것, 그 모험의 끝에는 생각보다 더 많은 기회와 가파른 성장이 기다리고 있을 거라는 사실을 언니의 여정을 통해 깨닫습니다.

*

✦ 같은 책 246~47면.

김연경 선수, 저는 언니의 리더십에도 매 순간 탄복했어요. 과거 한 인터뷰에서 높은 자존감의 비결을 묻는 질문에 언니는 이렇게 답했죠.

"자존감이 없으면 안 되는 자리다."

팀의 주장이자 국가대표로서 책임감이 느껴지는 대답이었어요. 훌륭한 팀워크를 위해서는 팀원들의 협력이 있어야 하지만, 팀 분위기는 팀의 리더가 좌우한다는 말이 있더라고요. 그래서 많은 리더십 책에서 '리더는 감정 기복을 잘 다스리고, 늘 긍정의 기운을 팀원들에게 불어넣어야 한다'고 말해요. 제가 팀장을 맡으면서 가장 어렵다고 느낀 게 바로 이 지점이었습니다. 사회생활을 꽤 오래 했지만, 기자는 대체로 혼자 일하기에 함께 일하는 것에 익숙하지 않았어요. 일의 기쁨도 슬픔도 온전히 홀로 소화하는 게 당연했는데, 이제는 제 마음을 다스리는 건 물론 동료들의 감정도 살펴야 했으니까요.

도쿄올림픽 여자배구 8강전, 한국 대 터키 경기는 살아 있는 리더십의 교본 같았어요. 마지막 5세트에서 14 대 13으로 대한민국이 승리까지 한점을 남겨두고 있는 상황에서 마지막 타임아웃에 돌입했습니다. 긴장감이 최고조에 달했을 때, 김연경 선수는 동료들에게 낮은 목소리로 이렇게 말했어요.

"차분하게 하나야. 하나만 돌리자!"

어떻게 그런 순간에도 평정심을 유지할 수 있을까, 자신감 있게 행동할 수 있을까, 그저 놀랄 수밖에 없었어요. 조바심을 다스리고 기운을 북돋아주는 그 한마디에 팀은 하나가 되었고, 너무도 멋진 승리를 거뒀죠.

하나의 팀으로 일하는 것 또한 팀 스포츠와 크게 다르지 않은 것 같습니다. 갈등과 협력, 좌절과 회복, 작은 실패와 작은 승리의 사이클을 거치면서 서로 신뢰하는 한 팀이 되고, 그 과정이 우리를 한뼘 더 성장시키는 것 같아요. 코트위 언니의 모습을 보며 팀워크란 이런 것이구나, 리더십이란 이런 것이구나, 배웁니다. 환호하며 득점의 기쁨을 나누고, 실수한 동료에게 괜찮다고 토닥이는 몸짓 하나하나로 팀원 간의 신뢰를 두텁게 하고 승리로 이끄는 언니의 모습. '마음속에 있는 감정을 솔직하게 표현하고 공감하는 것'이 팀워크의 핵심이라는 언니의 말을 언제나 명심할게요.

　이 편지를 쓰고 있는 지금, 언니의 국가대표 은퇴 소식이 들려오네요. 개인적으로는 왜 더 일찍 언니의 위대함을 알아차리고 덕질을 시작하지 못했는지 원통하고 원망스러울 지경입니다. 그래도 김연경의 시대를 살고 있음에 감사하고, 그 축복을 온전히 누리기 위해 앞으로 언니를 더 세차게 응원하려고 합니다. 코로나가 종식되면 제일 먼저 경기장으로 달려갈게요!

2021년 늦여름

김효은 드림

모험을 떠나지 않으면 아무 일도 일어나지 않는다는 것,

그 모험의 끝에는 생각보다 더 많은 기회와

가파른 성장이 기다리고 있을 거라는 사실을

언니의 여정을 통해 깨닫습니다.

우리의 그라운드를
넓게 쓰는 방법

김훈비

✦

못 견디게 쓰고 싶은 글들만을 천천히 오래 쓰고 싶다. 『우아하고 호쾌한 여자 축구』, 『아무튼, 술』, 『전국축제자랑』을 썼다.

무척 그리운 A여고와 B고의 친구들에게

오랜만이에요, 여러분! 잘 지내고 계신가요? 강연을 통해 만났던 시기도, 지역도, 학교도 다르지만 어쩐지 늘 여러분이 한데 묶여 떠오릅니다. 앞다투어 고민을 나눠주신 덕에 질의응답 시간이 곱절로 늘어나며 야심한 시각까지 함께했던 경험이 같아서일까요. 그렇게 서로의 주파수가 잘 맞아 온갖 이야기들이 흘러나오는 일은 좀처럼 없으니까요. 사실 B고에서는 좀 아슬아슬했습니다. 예매해둔 기차표를 막차로 진작 바꿨지만 어느새 막차 시간도 간당간당한 시간대에 접어들었거든요. 적당히 끊고 학교를 나서는 게 맞았겠지만, 여러분의 이야기를 더 듣고 싶어서, 저도 거기에 최선을 다해 답하고 싶어서, 무엇보다 우리가 언제 또 이렇게 만날 수 있을까(!) 싶어서, 그때 저는 다소 무모한 결심을 했답니다. 막차를 놓치면 택시를 타자! 하필 다음 날 아침 일곱시

우리의 그라운드를 넓게 쓰는 방법

까지 꼭 출근을 해야 해서 자고 갈 수도 없는 상황이라 대구에서 서울까지 택시를 타기로 결심했죠. 그만큼 소중한 시간이었어요. 강의료를 택시비로 탕진한대도 전혀 아깝지 않을 만큼. 지금 이 순간 바로 내 앞에 서서 어렵게 목소리를 내기 시작한 여자들과 보내는 시간보다 값진 것은 없었어요.

우리는 주로 몸에 관해 이야기했죠. 우리의 고민은 다른 듯 비슷했습니다. 동경하는 연예인의 극단적인 식단을 따라 다이어트를 했던 것, 어렵게 다이어트에 성공한 뒤부터는 1~2킬로그램만 늘어도 공포가 밀려와 무리한 다이어트를 멈출 수 없었던 것, 평생을 이렇게 매일매일 허기진 상태로 불안에 떨며 살아야 한다니, 그렇다고 그렇게 살지 않을 수도 없다니 막막했던 것, 무심하다가도 매체나 SNS에서 날씬하고 예쁜 여성들의 사진을 보면 마음이 세게 흔들리는 것, 털이, 튼살이, 종아리 알이, 흉터가, 굵은 허벅지와 팔뚝이 보기 싫은 것 등, 많은 분들이 세상이 아무렇지도 않게 여성의 몸에 일으키곤 하는 전쟁을 이미 겪고 있었습니다. '전쟁'을 비유로 사용하는 걸 지양하는 편이지만 여기에는 붙여도

될 것 같았어요. '먹고사는 문제'가 생존의 문제이듯이, 여성의 몸이 필사적으로 '안 먹고 사는 문제'가 되는 순간 또다른 차원의 생존의 문제가 된 게 아닐까요. 여성의 몸은 그야말로 전쟁터이지요. 그런데 무슨 수로 여성의 삶이 전쟁이 아닐 수 있겠어요.

저 역시 이십대 내내 몸과 끊임없이 싸웠고 자주 패배했기에 저의 경험에 더해 살면서 만나온 다른 여성들의 경험, 캐럴라인 냅과 록산 게이 같은 작가의 책들, 여성의 몸에 관한 영상들을 함께 나눴죠. 하지만 한가지 후회되는 점이 있어요.

강연 중간에 수전 브라운밀러의 책 『우리의 의지에 반하여』에 관해 이야기했었어요. 법, 대중문화, 전쟁, 정신분석 등 거의 모든 영역에 걸친 방대한 자료를 망라해 범죄행위로서의 강간을 역사화하는 이 책에 관해 말하자면 4주 세미나로도 모자라기에(그리고 그날 이미 꽤 길게 말했기에) 여기서는 자세한 소개를 생략하겠습니다만, 마지막 장에서 "반격!"을 외친 그가 "여성에게 필요한 것은 어린 시절부터 시작하는 체계적인 자기방어 훈련이며, 그런 훈련을 통해서만 금지에서 유래한 우리 내면의 장애를 극복할 수 있다"✦(여기서 말하는 "금지에서 유래한 내면의 장애"는 "때리는 것에 대한 금기"를 뜻합니다)고 말하며 주짓수와 가라테 훈련을 받은 경험에 관해 쓴 부분은 한번 더 언급하고 싶어요. 그 대목을 읽다가 제가 얼마나 묘한 기분에 사로잡혔는지 이야기했던가요? 사실 '격투 같은 호신술을 배워 싸우는 능력을 기르자! 그게 안 되면 깡이라도 키우자!'는 흔히 듣는 말이잖아요. 주짓수 도장 전단지에 쓰여 있을 법한, 이 책을 안 읽어도 생각할 수 있는. 그러니까 600면이 넘는 책의 마지막 장에서 만난 어떤 제언이 맥 빠질 정도로 단순했는데, 그 단순함이 역설적으로 만들어낸 통렬한 마음의 요동이 있었어요. 그렇구나. 방대한 자료를 바탕으로 누구보다 집요하게 연구하고 고민했던 브라운밀러가 가닿은 지점도 결국 이곳이구나. 우리에겐 여러 층위의 싸움이 있지만 여기로 돌아오는

✦ 수전 브라운밀러 『우리의 의지에 반하여』 오월의봄 2018, 630면.

걸 피할 수는 없구나. 사회가 여성에게 덧씌운 "예쁜 수동성"에서 벗어나 직접 싸우는 여성이 되기 위해 신체능력을 키우는 것. 꾸준한 운동과 훈련을 통해 여성을 옥죄는 금기와 억압에서 벗어나는 것.

그렇습니다, 여러분. 결국은 여기서부터 시작하는 수밖에 없습니다. 무엇이 됐든 여성의 몸과 관련한 문제라면 말이에요. 제가 후회하는 점은 여러분께 이것을 보다 단호하게 말하지 못했던 거예요. 물론 이유는 있었습니다. '건강중심 사회'에 반대하는 입장에서 운동할 수 없는 상황에 놓인 사람을 배제하는 답이 될까 조심스러웠고, 우리가 함께 토론했던 '프로아나'에 이미 깊숙이 발을 들인 이들에게 들이밀기엔 무력한 답 같았고, 무엇보다 "당장 운동에서부터 시작하자!"라는 말을 하려 할 때마다 저를 가로막는 마음속 억압이 있었어요. 지금은 좀 다릅니다. 어차피 모두를 위한 정답이란 없다는 걸 받아들였어요. 그리고 브라운밀러처럼 광범위한 데이터를 수집한 것은 아니지만, 몇년째 축구를 하며 만난 축구인들부터 '여성과 운동'을 주제로 한 강연이나 행사에서 만난 다양한 사람들까지 나름의 데이터가 있으니 저 역시 조금은 과감하게 한발 내딛어 아주 단순한 결론을 단호하게 이야기해도 좋지 않을까, 이런 생각도 들었고요. 최근에 이 생각을 결심으로 굳혀준 것은 축구로 삶이 바뀌었다고 입을 모아 말하는 '골 때리는 그녀들'이었습니다.

얼마 전에 "이제 더는 『우아하고 호쾌한 여자 축구』 책으로 강연할 필요가 없어졌다. 여러분, 그냥 「골 때리는 그녀들」을 보세요! 끝!"이라고 농담처럼 쓴 적이 있는데 사실 진담이었어요. 책에 다 담지 못한 여자 축구의 기절하는 매력과 재미, 열정, "대체 이게 뭐라고…"라고 계속 중얼대면서도 어쩔 수 없이 그 순간의 모든 것을 걸게 되는 간절한 마음들이 그 프로그램에 모두 담겨 있었으니까요. 그라운드 위에서 뛰고 구르고 밀치고 다독이고 고함치고 다치고 분노하고 울고 웃고 열광하며 온갖 동사들을 몸으로 행하는 여성들을 지상파에서 보면서 우리가 늦은 밤까지 나눴던 이야기들이 자주 생각났어요. 신봉선 선수가 "축구하시면 사고방식이 달라진다"며 "왜 이 좋은 걸 여자아이들은 안 했는지" 안타까워하고 최여진 선수가 "세상에 이렇게 재밌는 걸 니들만 했니?"
하고 억울해할 때에도, 모델들로 이뤄진 FC구척장신 선수
들이 "모델의 몸과 축구선수의 몸은 정반대"(여기에 완전 동
의합니다)라며, 축구를 하면서 두배가 된 종아리를, 굵어지
고 갈라진 허벅지를, 매끈한 몸 대신 여기저기 붙은 근육들
이 받쳐주는 지금의 몸을, 그러니까 '모델 몸'의 정반대가 되
어가는 몸을 훨씬 더 좋아하게 되었고 앞으로도 계속 축구를
할 거라고 말할 때도요.

저도 점점 축구인의 몸으로 변해가는 희열을 너무나 잘
알고 있습니다. 이십대 내내 몸과 치러온 전쟁을 겨우 끝낼
수 있었던 것도(여전히 완벽히 끝내지는 못했지만 '살짝 다
툼' 정도로는 잦아든 것 같아요) '축구를 잘하고 싶다'는 욕
망이 다른 욕망들을 이겼기 때문이에요. A고 친구들은 기억
할 것입니다. 자신의 몸을 부위별로 소개해보는 간단한 작
문 시간을요. 98퍼센트라는 압도적인 비율로 몸의 겉모습
과 관련한 답이 대부분이었다는 걸 기억합니다. 다리가 가늘
고 곧게 뻗은 편이다, 종아리와 발목이 굵다, 팔뚝 살이 쳐져

있다, 쇄골 뼈가 예쁘다 같은. A고가 특수한 경우는 절대 아니었어요. 저는 다른 강의에서도 비슷한 답을 정말 많이 봐왔고 그건 오랜 세월 저의 대답이기도 했어요. 하지만 운동을 즐기고 꾸준히 해온 사람들에게 같은 질문을 던졌을 때는 달랐습니다. 그들은 이를테면 자전거를 시속 20킬로미터로 탈 수 있는 다리다, 팔굽혀펴기를 열한개까지 한다, 1킬로미터를 뛰고 나면 통증이 와서 쉬어야 하는 평발이다 같은, 주로 몸의 기능에 집중한 답을 들려주었어요. 나의 몸을 '보여지는 몸'으로서 인식하는 것과(그로부터 완전히 자유롭지는 않아도) '기능하는 몸'으로서 인식하는 건 굉장한 차이입니다. 신봉선 선수가 말한 '축구를 하면 달라지는 사고방식'에는 분명 이런 인식의 전환이 큰 부분을 차지할 거예요.

'여자다움'이라는 사회적 억압이 쪼그라뜨린 여자아이들의 세계에 관해 생각해요. '여자다움'과 '운동'이 얼마나 정반대의 기질을 갖고 있는지도요. 운동은 주로 몸도 목소리도 크게크게 써야 하는데, '여자다움'은 주로 몸을 움츠려서 작게 만들어야 하는 것들이니까요. 하다못해 웃음소리도 크면 안 되고, 감정도 크게 표출하면 안 되고, 몸도 가늘어야 하고, 운동장 한 구석만 한 좁은 공간이면 충분하다 여겨지죠. 우리에게 기꺼이 허락된 큰 소리는 운동장 스탠드에 앉아 남자아이들의 반 대항 경기를 응원할 때 정도였어요. 우리들이 스스로를 작고 가늘고 약하고 힘없게 만들며 작디작은 공간에, 옷에 몸을 욱여넣으려고 애쓰는 동안(혹은 그러지 않으려고 필사적으로 애쓰는 동안), 많은 남자들은 넓은 공간을 전력으로 달리고 강하게 싸우며 승리의 감각을 쌓아왔다는 걸 생각하면 이 좋은 걸 니들만 계속하게 손(발) 놓고 보고만 있을 수는 없어집니다. 그렇지 않나요? 그래서 여러분, 저는 여러분이 '보여지는 몸'보다 '기능적인 몸'을 더 맹렬하게 욕망했으면 좋겠고, 그러기 위해 팀 스포츠의 세계에 꼭 발을 들이면 좋겠습니다. 빠를수록 좋아요.

요즘은 어느덧 운동하는 여자의 몸도 대상화되기 시작했더라고요. '근육성골'이라고 근육의 급을 나누고 '조각 같은 등 근육'이라고 미적 품평을 하며 새로운 방식의 '예쁜 몸'에 공격적으로 스포트라이트를 비추고 있어요. 이렇게 늘 세상이 반발짝씩 앞서가며 여성의 몸에 맹공을 퍼부으면 제아무리 군은 심지라도 흔들리는 순간이 생깁니다. 앞에서 전쟁을 완벽히 끝내지 못했다고 한 건 그 때문이었어요. 저는 여전히 흔들려요. '여자다운 예쁜 몸'을 욕망하는 데에서 벗어났나 했더니 '멋진 근육'이 나타난 거예요. 일말의 진실을 포함하고 있는 거짓말에 더 속아 넘어가기 쉽듯이 '기능적인 몸'이라는 포장을 한 '보여지는 몸'이라는 환상은 더 강력하더라고요. 어쩌면 저는 평생 '보여지는 몸'에서 완벽히는 못 벗어날지도 모르겠어요. 하지만 이것이 전쟁이 되지 않고 '살짝 다툼' 정도로 끝나는 것은 축구 덕분이에요. 겉모습이야 어떻든 개의치 않고 오직 이기겠다는, 오직 한 골을 넣겠다는, 오직 이 운동을 잘하고야 말겠다는 욕망에만 이글이글 타오르는 여성들과 뛰다보면 금세 흔들림이 잦아들어요. 세상에서 가장 중요한 것이 이 여성들과 협력해서 골을 넣는 것뿐인 세계에 머무는 시간들이 제 몸에 끈덕지게 달라붙는 사회적 시선을 떨쳐내주곤 합니다. 그리고 그 감각이 쌓일 때마다 사회적 시선에 대한 방어력이 눈금을 타고 조금씩 올라가는 느낌이 있어요.

제가 축구를 하면서 가장 좋아하는 순간은요, 공을 잡고 드리블해서 질주할 때 언니들이 소리를 질러주는 순간이에요. "혼비야, ○○가 뒤에서 쫓아간다!" "혼비야, 저기 오른쪽 비어 있어!" 제 눈만으로는 화각에 한계가 있지만 그렇게 외쳐주면 360도를 다 볼 수 있어요. 말로 서로의 눈이 되어주는 순간들이 좋아요. 주변을 이런 말들로 가득 채우면 좋겠어요. 서로를 뛰고 공 차는 몸으로서 바라보는 눈이 되는 말들요. 그라운드를 넓고 크게 쓸 수 있도록 알려주는 말들이요. 그런 말을 주고받으며 여자들끼리 마음껏 소리 지르고 마음껏 인상 쓰고 마음껏 크게 웃으며 뛰는 일은 정말 기절할 정도로 재미있습니다(「골 때리는 그녀들」을 보면 아실 거예요!). 그들과 함께, 가진 줄도 몰랐던 내 몸의 잠재력을 발견하고, 죽어도 안 될 것 같던 일들을 결국 해내는 몸에 놀라고, 몸을 새롭게 소개할 언어를 찾아가는 것은 더욱 재미있습니다. 정말 짜릿해요.

꼭 축구가 아니어도 상관없어요. 솔직히 고백하면 저부

터도… 코로나가 한풀 꺾여 안전하게 운동할 수 있는 날이 오면 축구장으로 돌아가리라 믿어 의심치 않았는데, 도쿄올림픽을 발단으로 요즘은 여자배구에 푹 빠져서 인생은 짧고 하고 싶은 운동은 많은데 배구팀에 한번 들어가볼까 심각하게 고민 중이니까요. 그러니 여러분, 축구든, 풋살이든, 배구든, 농구든, 핸드볼이든 그 무엇이든! 이제 응원석에서 내려와서, 운동장 귀퉁이에서 걸어 나와서, 운동장의 한가운데를 단호하게 밟는 순간 펼쳐지는 넓은 세계를 꼭 만나시기를 바랍니다. 분명 즐거울 거예요. 그 세계에서 우리 또 만나요!

2021년 여름과 가을 사이에서
김혼비 드림

＊추신. 저는 그날 극적으로 막차를 탔답니다. 정말 1분만 늦었어도 택시를 탈 뻔했어요. 그리고 저는 그날 제 몸을 소개할 말을 하나 더 찾았습니다. 유사시에는(대구역 1호선 지하철 문이 열리고부터 경부선 KTX에 올라타기까지) 4분간 전력질주할 수 있는 몸! 정말 발바닥에 불이 나게 뛰었네요. 이 기쁨을 여러분과 축구에 바치겠습니다.

자, 이제 응원석에서 내려와서, 운동장 귀퉁이에서 걸어 나와서,

운동장의 한가운데를 단호하게 밟는 순간 펼쳐지는

넓은 세계를 만나시기를 바랍니다.

『언니에게 보내는 행운의 편지』는

정세랑 작가의 이런 말에서 시작했습니다.

천년 전, 이천년 전의 여성 작가들을 생각하면

이상하게 마음속에서 '언니'라는 생각이 들어요.

어떤 흐름 속에 내가 있구나, 릴레이 같다는 생각을 해요.

— jtbc 「방구석1열」 141회에서

언니단원 여러분도

이 편지들을 읽으면서 같은 마음이 들었을까요?

이 행운의 편지가

이전 세대의 여성과 당신을,

당신과 다음 세대의 여성을 잇는 가교가 되기를 바랍니다.

익명의 언니단원

언니에게 보내는 행운의 편지

초판 1쇄 발행/2021년 9월 17일
초판 3쇄 발행/2021년 11월 15일

지은이/정세랑 김인영 손수현 이랑 이소영 이반지하 하미나 김소영 니키 리 김정연
　　　문보영 김겨울 임지은 이연 유진목 오지은 정희진 김일란 김효은 김혼비
펴낸이/강일우
책임편집/최지수 곽주현
조판/신혜원
펴낸곳/(주)창비
등록/1986년 8월 5일 제85호
주소/10881 경기도 파주시 회동길 184
전화/031-955-3333
팩시밀리/영업 031-955-3399 편집 031-955-3400
홈페이지/www.changbi.com
전자우편/human@changbi.com